祝福少女们

杨黎 著

The Beautiful Wish

江苏凤凰文艺出版社
JIANGSU PHOENIX LITERATURE AND ART PUBLISHING

图书在版编目（CIP）数据

祝福少女们 / 杨黎著. — 南京：江苏凤凰文艺出版社，2021.9
ISBN 978-7-5594-5923-7

Ⅰ. ①祝… Ⅱ. ①杨… Ⅲ. ①诗集—中国—当代
Ⅳ. ①I227

中国版本图书馆 CIP 数据核字（2021）第 093366 号

祝福少女们

杨　黎　著

出 版 人　张在健
责任编辑　孙楚楚　于奎潮
封面摄影　马　康
装帧设计　周伟伟
责任印制　刘　巍
出版发行　江苏凤凰文艺出版社
　　　　　南京市中央路 165 号，邮编：210009
网　　址　http：//www.jswenyi.com
印　　刷　苏州市越洋印刷有限公司
开　　本　880 毫米×1230 毫米　1/32
印　　张　8.375
字　　数　160 千字
版　　次　2021 年 9 月第 1 版
印　　次　2021 年 9 月第 1 次印刷
书　　号　ISBN 978-7-5594-5923-7
定　　价　52.00 元

目　录

高处

大声

山顶

成语

高　处

怪　客

列车在小站停靠时
一个穿红色风衣的女人
从倒数第五节车厢上下车

这个女人左右看看
（仿佛在等谁）
当列车又开动后
她背列车的方向而去

红点
那些房屋是矮小的
矮得古怪——密密麻麻像一群被天才的
音乐家乱丢乱放的音符

有一条同样矮小的路打这些房屋之间经过
怪客，就是从这条路上走来（他留下的足印可以让女人怀孕）

恰巧那天夜里有雪。这家伙
侧着身子
穿一件黑色的风衣

挤进了所有房屋中间最矮小的一间木屋
黑点

路边酒店里
店小二和几个喝酒的老头正在谈论怪客时
那位穿红色风衣的女人
急匆匆地走了进来
外面，雪尚未融化

记得那天下午下着一种少见的细雨
天，矮小矮小的
我照着陌生电话告诉我的消息
去寻找那块橡皮

你一定很想知道：我是谁

我一边走
一边默默地背记着将去的地点：此地
此地。我默记着

穿红色风衣的女人在靠窗的一张椅子上坐下
你要吃点什么？店小二问
怪客！这女人说着从口袋里
掏出一支手枪放在桌上
夜里。小木屋没有玻璃的窗口
闪过一抹黑影

我萎缩着
不敢睁开眼睛
我发觉我丢失了

在巴黎最大的一条街上
所有人都惊恐地侧耳倾听着
我的呼吸

列车继续开着
向前

到那边去，她说
顺手一指
一片黑色的竹林
我挽起她
但却没有起步
我承认我的胆怯
（一丝阴风扑打在我的脸上
透过薄薄的月光
我看见竹林左边有一块新放进去的花圈）

她感到我的手在消失
人呢？她问自己

我就坐在那辆列车上
半乜着眼睛

这时，我看见一个修女走来在我对面坐下
哪儿下车？我问
她的大眼睛迷人地盯着我：
永远都不

一只戴黑手套的手
轻轻地拍了拍玻璃窗
这个怪客：黑帽子
黑眼睛黑皮鞋黑手套
黑色风衣

这座小城里唯一的一幢哥特式楼房里
我说：一切都是假的
包括女人的嘴唇

当然，也包括我这句话

一盏一盏的灯熄了
一支一支的烟点燃
房屋变得模糊
那些正在修建的楼房
远看去
像新挖出的一架龙骨

我走进门
举起手

那天夜里
穿红色风衣的女人就寄宿在
那间路边酒店

第二天
她的红色风衣不见了

列车上那位永远不下车的修女也不见了
许多人都说
昨天后半夜看见一个黑影

这女人羞于再见店小二
就用手枪自杀了

她躺在一块木板上
红色内衣红色内裤红色血

前面
列车拐了一个弯

三岔口
只有一个老头坐在靠右的一块石碑上
我向他走去——
请问，去此地怎么走？
有病——他向我伸出已经溃烂的舌头

今天夜里停电
怪客在一株老树下
找了一个女人

我推开门
音乐和所有男人女人的舞一起停下
十几支蜡烛恍惚的火光下
他们都赤裸着面具
请问，我挺有礼貌：你们
谁是怪客？

我便是怪客
你便是怪客
怪客便是怪客

那天夜里
我加入了他们的舞会

第三天早晨
那位死了的女人不见了（神秘得
就像她的红色风衣）

当天下午
有人看见她坐在街心花园的一把条椅上
她说

她在想
昨夜那个奇怪的敲门声

我半乜着的眼睛
也看见了那位修女
但我要申明：这只在我
半乜着眼睛的时候

又是一个后半夜
怪客穿着他黑色的风衣
侧着身子挤了进来

对于你来说
我便是怪客

撒哈拉沙漠上的三张纸牌

一张是红桃 K
另外两张
反扣在沙漠上
看不出是什么
三张纸牌都很新
新得难以理解
它们的间隔并不算远
却永远保持着距离
猛然看见
像是很随便地
被丢在那里
但仔细观察
又像精心安排
一张近点
一张远点
另一张当然不近不远
另一张是黑桃 K
撒哈拉沙漠
空洞而又柔软
阳光是那样刺人
那样发亮

三张纸牌在太阳下
静静地反射出
几圈小小的
光环

西西弗神话

我想写一首诗
它的名字就叫
西西弗神话
但我总想不好
第一句
以及
更后面的句子
我就写到这里
我希望
你们看了后
能够记住
西西弗神话
这个美丽的名字

英语学习

你叫玛丽
美国人
你不是英国人
那个皮亚林才是英国人
你只是他的妻子
你们住在美国

皮亚林的妻子是玛丽
他们是在中国认识的
一九八三年
他们在一个英语补习班里
学习英语
玛丽的成绩
总是比皮亚林好

玛丽皮亚林
已经结婚七年
他们住在美国
皮亚林是一个英国人

我手里有两颗棋子

一黑一白
我正在想
怎样将它们
分赠给玛丽
皮亚林

冷风景

献给阿兰·罗布-格里耶

这条街远离城市中心
在黑夜降临时
这街上异常宁静

这会儿是冬天
正在飘雪

这条街很长
街两边整整齐齐地栽着
法国梧桐
(夏天的时候
梧桐树叶将整条整条街
全部遮了)

这会儿是冬天
梧桐树叶
早就掉了
街口是一块较大的空地
除了两个垃圾箱外
什么也没有

雪
已经下了好久
街两边的房顶上
积下了薄薄一层

街两边全是平顶矮房
这些房子的门和窗子
在这个时候
全部紧紧关着

这时还不算太晚
黑夜刚好降临

雪继续下着
这些窗户全贴上厚厚的报纸
一丝光线也透不出来

这是一条死街
街的尽头是一家很大的院子
院子里有一幢
灰色的楼房
天亮后会看见
黑色高大的院门
永远关着
站在外面
看得见灰色楼房的墙灰脱落

好像窗户都烂了
都胡乱敞开

院子围墙上已经长了许多草
夜晚月亮照着
没有一点反光

灰色楼房高高的尖顶
超过了这条街所有的
法国梧桐
（紧靠楼房的几间没有人住
平时也没有谁走近这里）

这时候却有一个人
从街口走来

深夜时
街右边有一家门突然打开
一股黄色的光
射了出来
接着“哗”的一声
一盆水泼到了街上
门还未关上的那一刹
看得见地上冒起
丝丝热气

最后门重新关死
雪继续下着
静静的

这是条很长很长的街
没有一盏路灯
异常地黑

记得夏天的晚上
街两边的门窗全都打开
许多黄光、白光射出来
树影婆娑
（夏天的晚上
人们都坐在梧桐树下散凉）

夏天的中午
街口树荫下面
站着一位穿白色连衣裙的少女
（风微微一吹
白色连衣裙就飘动起来）

这会儿是冬天
正在飘雪
忽然
“哗啦”一声
不知是谁家发出

接着是粗野的咒骂
接着是女人的哭声
接着是狗叫
（狗的叫声来得挺远）

有几家门悄悄打开
射出黄光、白光
街被划了好些口子
然后，门又同时
悄悄关上

过了好一会儿
狗不叫了
女人也不哭了
骂声也停止了
雪继续下着
静静的

这时候却有一个人
从街口走来

当然
秋天不会有
秋天如果有人在这个时候走来
脚踏在满街的落叶上
声音太响

这会儿是冬天
正在飘雪

雪虽然飘了一个晚上
但还是薄薄一层
这条街是不容易积雪的

天还未亮
就有人开始扫地
那声音很响
沙、沙、沙

接着有一两家打开门
灯光射了出来

天快亮的时候
送牛奶的在外面喊
拿牛奶了

接着是这条街最热闹的时候
所有的门都打开
许多人都推着自行车
呵着气
走向街口

这个时候

只有街的尽头
依然没有响动

天全亮后
这条街又恢复了夜晚的样子
天全亮之后
这街上宁静看得清楚

这时候有一个人
从街口走来
（穿一件红色滑雪衫）

冬天

秋天是满街落叶
春天树刚长叶子
夏天树叶遮住了这整条街

但这会儿是冬天
虽然雪停了
这会儿依旧是冬天

这会儿虽是冬天
但有太阳
街尽头院子里的灰色楼房
被太阳照着

这是一条很长很长的街
两边所有的房子
都死死地关着
这是一条很静很静的街

天全亮后
这条街又恢复了夜晚的样子
天全亮之后
这条街上宁静看得清楚

这时候
有一个人
从街口走来

旅途之一

有一个小女孩
被汽车轧死了
就那么轻轻一下
她就躺在
路的中间
有少许的血
从她身上流了出来

她的父亲正从前面跑来
她的母亲趴在她的身上
已经无法哭出
许多人
围在四周

交通顿时阻塞
来往的汽车在两边
停了长长一串
我恰好在其中一辆车上
我得赶到那边去
坐开往远处的火车

但小女孩躺在路中
没有哪一辆汽车
敢从她的身旁开过去
那是郊外
一个普通的下午
阳光明亮而又温暖

少女二

从前我听过一个故事
至今记忆犹新
那个长尾巴的狐狸
就是少女二
她的手
放在阳台上
当下雨的时候
雨点就落在上面

木　头

当然
它是一根木头
放在地上
它很长
扛在肩上
它有点重
它曾经长满树叶
在风中
还沙沙作响
每一个走近它身边的人
都格外小心
或者，停下脚
举头观望
有时候
噢的一下
什么东西
就越来越远
又有时候
哦
阳光照起来
照在树叶上面

照在森林的全部
或一部分
在天空下面
闪闪烁烁
但现在
它已倒下
倒成一根木头
不再有声音
就算雨中
它还是
不再有声音
而以前
哪怕是偶尔起风
它也是嗞嗞嗞地
更或
呼啦一下
响彻整个世界
但现在不行了
现在
它是一根木头
它的一端
看不怎样清楚
它的另一端
也看不怎样清楚
我是说
在黑夜里

站在这根木头的中间
哦木头
它曾经婆娑多姿
又实实在在
那些尖尖的树叶
都朝向四周
朝向天空、地面
和小孩夜里
甜甜的梦中
朝向嘀嗒
那种响声
一动不动的远处
更朝向
不可企及的
每一双眼睛
以至
摸得着
但描绘不出它的形状
但现在
它是另一个样子
失去了先前的颜色
和，那些
栖息在上面的鸟儿
更失去了
开花的
那种日子

总之，这木头
有的做成房屋
有的做成船
驶向遥远的大海
也有的
被燃烧而
照亮整个黑暗
木头
这圆圆的
长长的
放在地上的
扛在肩上的
这，木头
回想那个时候
那个时候在森林
每一片树叶
都那样宁静
于月光下
于风中

红灯亮了

红灯亮了
远方的小丽
红灯亮了之后
又熄了
红灯熄了之后
又重新亮了
一盏普通的红灯
高悬在空中
那远方的小丽
红灯熄了以后
又重新亮了
红灯亮了

高　处

A
或是 B
总之很轻
很微弱
也很短
但很重要
A，或是 B
从耳边
传向远处
又从远处
传向森林
再从森林
传向上面的天空
A
或是 B
请闭上眼睛
看这里
看猫
火山
一条路
还是夜晚

还是陌生人
仿佛
B
或是 A
我终于听见的
只是一种声音
我终于感到的
仅仅是他们
我也终于看见
我自己
站在门前
手里拿顶帽子
背后是
整个黄昏
B，或是 A
那样自在
那样风流
又那样非非
一点也不隔
一点也不刺人
当然一点也不突然
真是从未有过的冷静
真是从未有过的空荡
从未有过的悠闲
A
或是 B

随我而来
随我而去
随我坐下
最后随我的手指
于同一地点
同一时刻
翻开诗
看那些陌生人
举着红旗
冲向前
B
或是 A
看阳光
照着大地
照着大地上的森林
河水，或是楼房
照着人
走的，或者站着
也照着你
你坐在河边
阳光
美美的
照着我的身子
我抬起头
看向前面
前面正被太阳照着

B

或 A

或其他

这里好多怪事情

好多。如——

小人，为什么要长大

大人，为什么要变老

老人，为什么要死

想起要死

我就无话可说

想起陌生人

而我总不认识

B 啊

或是 A

这里怪事太多了

太 A 了

或者太 B 了

我们无法说清

我们何须说清

我们只有走

悄悄地走

赶在天黑之前

A 啊

或是 B

我们结伴而走

不然走远了

会找不到方向
那时
我真不想看着你
一个人
站在路口
A
或是 B
这夜晚多宁静
多轻
多短
又多么重要
森林上面的天空
多蓝
森林里面
又是多么黑
什么也看不见
什么也没有
什么也不曾发生
只有 A
或是 B
我听见了
感觉到了
A
或是，B

三个涉水的女人和一个她

黄昏的时候，先生
她们涉过河来到岸边
河水流得缓慢
看不出深浅
她们涉过河后
岸边的草茂密
没有风
她们涉水时悄无声息

过了很久
河水依旧流着
她们其中一个
小声地数说着另一个
在岸上，我看得清楚
长长的泥土路上
车迹模糊
她们涉过河后
天也快黑了

我疲倦至极，先生
看她们涉水之时

我躲在一株高高的树上
天快黑了，我想
但这三个女子动作悠闲
涉过河后
似乎没有上路的打算

从窗口望出去
她是那样地美丽
她正谈着什么
我听不见
当然她也无法知道
我正小心翼翼地叙述着
三个涉水女子
惊人的历险
天早已黑尽了
在灯下
她和她们愈加不同

鸟之二

好鸟
飞在看不见的
天空中
绕一个弯
又回到
看不见的地上

好鸟的翅膀
是我所喜欢的颜色
和天的颜色一样
所以我们更多的时候
看不见它
黄昏后
我们只感觉到
它在飞翔

我也要飞翔
虽然我不是鸟
我和鸟只是
两种变化的想象
既微妙

又不容混在一起
无论是诗歌中
还是现实中
我和鸟都保持着距离

我喜欢这种距离
鸟也一样
昨夜
我又梦见鸟
就这只好鸟
它收拢着翅膀
低着头
站在我的窗台上面

鸟之三

鸟之三已经不是在写鸟了
而是在写一个字
这个字与另一个字
不一样
与鸟更不一样
鸟，更像
一种陌生的东西
有人不认识鸟
有人认识

从前，在新二村
知道鸟的不多
鸟也不多
而后来
当人们提到鸟的时候
总是抬头看天

其实，鸟
只是一个字
写完这首关于鸟的诗后
鸟会获得一种

不再是字的感觉
无论谁
有意或是无意
分离或是相逢中
再提到鸟
都会有一种
与众不同的感觉

这种感觉
不是在诗歌的陈述里面
而是在鸟
自己的
飞翔之中

鸟之后

它无法和其他的鸟一样
它的羽毛别具一格
鬼才知道
它，还有一个
什么名字

我不是说鸟
我是说鸟之后的
另一种飞行物

二十岁时
我见过它一面
那是在晚上
都快十二点的时候
它飞过我的窗前
样子和鸟
有某种相似的地方
但，我敢肯定
这不是鸟

我问，那是鸟吗

那飞的
我知道并不是所有能飞的都是鸟
所以我反复强调
我说的是
鸟之后

二十年过去了
我从外面回来
又看到了它
那瘦长的影子
倒映在墙上
而当时
我正在喝水
一看见它
我就马上感到
意外的熟悉
老朋友
但我不是说鸟
是说
鸟，之后

大　声

阳光十四行

阳光和风雨的区别不在心灵上面
心灵是空白：不产生阳光
也不曾产生过一丝风和雨
心灵的天空只有对这些气象的接受

谁也无法全部占有心灵。在阳光下
心灵的深处或许怀念着一次绵绵的小雨
对于它（它是谁？小雨还是心灵？）
阳光只是一次被照亮的空气

所以：必须拒绝自由！那是
排斥心灵对各种气象选择的圈套
而阳光有时候却是罪恶之源。它

无法照亮绵绵的雨天，以及
狂风猛烈刮着的许多时候
但它是我心灵中一面秘密的镜子

少女十四行

无论一个少女还是一群少女
无论在古代还是又一个春天的夜晚
那深居于房间里不出来的会是谁？
并使窗户微微地敞开：我说

如果你们讲述的永远只是梦幻
那么就停止讲述吧！像停止接吻
面对少女（一个还是一群）
我只能指示一组盛开的语言

少女：越是夜晚越是响亮
但她最迷人的地方又恰好在中午
无论谁，只要他误入了这片光芒的沼泽

那他还会看见什么呢，他
只是少女最优美的一个动作
在一片光芒和短暂的时间里面

汽车十四行

一辆本田轿车奔跑在大路上
三辆微型汽车也奔跑在大路上
十辆装满货物的汽车同样奔跑在大路上
所有的汽车都奔跑在大路上

这是一条新修的高速公路。是
城市通向农村和山区的其中一段
大路上似乎看不见一个行人
只有汽车奔跑来又奔跑去

夏天的太阳把大路晒得发烫
没有遮荫的地方。汽车都跑得很快
只有一辆洒水车洒着水慢慢地开在上面

这是奔跑汽车的大路。当洒水车过去
一辆火红色的轿车又突然奔来
并戛然一声停留在路的中间

小杨与马丽

在这个秋天
寒冷来得真快
我已经穿上冬天的衣服
小杨与马丽
也穿上了冬天的衣服
一个是棕红色皮衣
一个是墨绿色皮衣
九六年深秋的一个傍晚
天将黑尽
她们挽着手
从广场走过
一阵阵秋天的风
吹到她们的身上

大　声

我们站在河边上
大声地喊河对面的人
不知他听见没有
只知道他没有回头
他正从河边
往远处走
远到我们再大声
他也不能听见
我们在喊

国营家具商场

把一套红色的沙发搬走
然后人也快快离开
不要在这里逗留
过会儿，幸福的新娘
将从里面走来
二十年前的小孩
二十年后
比任何想象还要丰满
一套意大利家私
一张八一床垫
帮助他从早晨坐到夜晚
多么难得啊
宽大的客厅中
烟光已照得沙发的颜色
开始变成紫红

“梦神”睡眠器

我得为它写一句广告词
以吸引更多的人掏钱购买
为此我首先想到了夜晚
多事的时代
谁也睡不好觉
接着我想到早晨
有的人醒来精神爽朗
有的人醒来还像在梦中
而有的人
醒了却不想起来
搂着对方
要一直缠绵到中午
神奇的“梦神”
并不能帮助每一个失眠者
却准确地守候着每一个睡眠

商 店

早晨八点钟
对面商店就开了门
模样像老板的男人
站在门前对两个女售货员说着什么
说完后
他就走了
两个女售货员站在商店里
一直等到十点
才有一个顾客进来
这是夏季
商店里正在出售
降温的饮料
那个顾客
买了一袋大冰
一边吸着
一边走出商店
两个女售货员
依然站在商店里

祝福少女们万寿无疆

一个少女在照镜子
十个少女在走路
照镜子的少女脱了衣服
镜子里出现一片红
只有头发是黑的
披在肩上
而走路的少女
动作比照镜子的还多
大街上来往的人们
都看着这些
走路的少女
照镜子的少女
自己看着自己
心里想着走在路上的
十个少女

巴国布衣

一群穿西装的人
在胡小波的带领下
来到了巴国布衣
巴国布衣
成都新开的一家餐馆
胡小波
他请我们吃野菜
又喝鹿血酒
从那天起
我也爱在那里吃饭
并请过 A
请过 B
请过 C
巴国布衣
装修得很特别
灯火辉煌的大厅
挂了一些玉米棒和红辣椒
服务员小姐
身穿贵州蜡染
在客人中
走去走来

其中有一位
她说她是重庆沙坪坝的
我们就说
我们住在
重庆高滩岩

树上挂了一顶红帽子

树上挂了一顶红帽子
走过的人都要回头去看
我也回头去看
看过之后
我才觉得这个动作非常奇怪
为什么我们不直接去看
为什么我们总要走过之后才回头去看
难道这回头包含有什么特殊的意义
使看更能够和红帽子相关联
这当然不可能
这只是一个笑话
红帽子挂在树上
可能是一个男孩随便的动作
在今年夏天的下午
就是忽然起了风
红帽子也仅仅
在树上摇摆
随风摇摆

天边有一朵五彩的云

天边有一朵五彩的云，这是指从前
天边还有一朵五彩的云，这也是指从前
在从前，我举目遥望的天边
有无数这样的云朵，飘忽不定
同样也有很多这样的天色
一会儿红
一会儿蓝
在天边，在从前，在摸不着的地方
孩子们幻想着又能回到天空
又能轻轻地落在地上

大音棚夜总会

1994 年 2 月 28 日
在成都南郊
我们办了一家夜总会
并命名为大音棚
开张那天
何小竹从西安请来了乐队和模特儿
那些粉红的大腿和
伤感的摇滚
使我们的生意很好
进入夏天
客人开始减少
到秋天时
很多晚上
就只有一两桌
但不管怎样
我们依旧得开到很晚
我和何小竹
常常坐在空荡的大厅里
一边喝可乐
一边谈话
有时候谈诗歌

有时候谈生意
有时候谈女人
有时候谈得疲倦了
站起来正想走
又来了几个客人
而且是朋友
我们就得再坐下来
陪他们说话
在夜总会
我学会了唱卡拉 OK
我喜欢唱的一首歌
是《谢谢你的爱》
但我唱得好点的
是一首《安妮》

什么是爱情？什么又是雨点

一个很远的人来到我的身边
他说：我爱你
他说完后就走了
一个很近的人也对我说
他爱我
他说完后还站在我的身边

我去很远的地方找很远的人
我没有找到
而回来后，我看见那个很近的人
正从对面的街上走过
我喊他，他就向我跑来

这是一个姑娘讲给我听的故事
可是我忘了她的名字

我们是快乐的僵尸

有没有不快乐的僵尸
在男人和女人之间？有没有
比一具僵尸还不快乐的？
我站在阳台上往下看
我看见一具快乐的女僵尸正在摇头
她样子飘飘，双手平行地伸向前
一个男的从她面前跳过
又一个男的从她面前跳过
当第三个男的也从她面前跳过时
她还是自己和自己玩着
我不知道这些男人是不是僵尸
但我知道：他们跳过来时非常快乐
而他们跳过去时，他们
除了快乐又还有什么呢？

把一种叫思念的情绪说出来

是这样的（我正躺在床上看电视）
突然想起了几个人的名字
比如谁和谁（像太阳一样，又像月亮一样）
我本来打算看看电视就睡了的
也不管它里面演的是什么
但现在（我又睡不着了，真的睡不着）
我说起来吧，起来把这些名字敲打在电脑上
像下午的一场大雨（比大雨还来得猛烈）
我说：那起来吧
不要因为小丽
而又忘了小丽
谁知道她现在在干什么呢？（谁又能够知道？）
一点钟过去了
两点钟就要来临
在这个时候
我已敲打了
七个人的姓名

我为我的抒情而不好意思

比一只鸟儿飞得更高的是另一只鸟儿
比一次失眠更难受的是又一次失眠
比一种伤感更伤感的是两种伤感
比一个女人更好的
是六个女人
她们包括
一个弹琴
一个画画
一个唱歌
歌声飞了起来
一个却什么也不干
坐在我的身边
陪我喝酒
说几句悄悄话
但当我思恋的人
远游而回
我开始为我的抒情
红起脸，低下头

感情的债务怎么越来越大

忧伤并不是美好的东西（对于南南）
忧伤也不是感动人的东西（对于小丽）
比它们更讨厌的，不是忧伤
而应该是它们自己
小丽说，我要不回来
你就别等我
南南说，我要是回去了
你就不要再打电话
而还有一个人
她正从我的窗前走过
在每天下午
当我把窗户打开的时候（我住在 16 楼）
所以我说，忧伤
它并不是一件飞翔的礼物

难　得

A　论事物

事物说到一起的时候，世界就确定了。

或者是这样说的：事是事、物是物，二者之间的关系在其本质上是没有关系。而事物只是事物，它们一经联系后，就不单指事、也不单指物。

事、物和事物各不一样。

承认事、物和事物各不一样，就是承认上帝的绝对和唯一。其实也是形而上学的美。1986 年，我就意识到亮着的灯永远都亮着，而关着的灯也永远都关着。

我为之确定了我的写作永远的伤感。

事是独立的、绝对的，不可改变地排列在时间上的一个点和一个点；物也是独立的、绝对的，不可改变地排列在空间上的一个点和一个点。当这两个点交叉之后，就构成事物。事物即世界的全部内容和具体显现。它不可再次被分解和改变，一如

生与死不可改变。

是的，小杨。

在我们这个世界上，谁也不可能单独地言说事和物。不信请试试下面这个例子：鸟儿飞过天空。那么，在另一个世界呢？

小杨说，她不知道。

B 说鬼

圣人说不要言说鬼怪这样的东西，所谓未知生、焉知死。

而我不知深浅，贸然说鬼，究竟又依仗什么呢？

我曾经发誓，我三岁那年见过鬼，我说他是我外公。但我妈不相信，她说她都没见过。不信你问你外婆，但我不敢。

后来我渐渐忘了这事，但我一直没有忘了鬼。

都是最近了，我才开始偷偷摸摸地写一点关于鬼的故事。我觉得我长大之后，仿佛就没有见过鬼。也可以说，没有见过我外公。

但鬼真的是不能说的。

打我写这篇关于鬼的文字以来，已经在不知不觉中丢失了不知多少次。我发誓，如果这次再丢失的话，我就真的将像圣人说的那样，对不能言说的，保持应该的，或者是应有的沉默。像我外婆一样，到死也没有说过我外公一个字。

关于鬼我能说的也只有一句话：

以前我非常怕鬼，后来我非常怕没有鬼。

C 成仙三步

怎样突破人的有限而达到仙的无限呢？根据我多年的研究，只有三步。

这三步对于写诗同样重要。

谁明白了它，谁也就明白了诗、永恒和无极限。

这三步很简单，却需要慢慢理解：

一、深信仙的存在；

二、深信自己能够成仙；

三、深信自己已是仙。

山　顶

在纸上写了一个名字，又把她擦掉

这个名字由三个汉字组成
一个是齐
一个是燕
一个是飞翔的飞
齐燕飞，我随手写出后
才去网上
查到有关她的六项信息
其中一项是这样说的
齐燕飞，她去丞相府
当了丫环

2004 年，春天，下午，我迷茫

103 路站前

我在 103 路汽车站前停下
买了一包烟
又继续往前走

我在 103 路汽车站前停下
一辆 103 路也同时停下
我跳上去
又继续往前走

我在 103 路汽车站前停下时
是去年夏天
一个少女站在我的旁边
我们一起等 103 路到来

除夕夜十一点，我突然想去埃及

我独自站在“橡皮”的门前
突然想去埃及
不是为了金字塔
也不是为了女人们
（虽然从沙漠上走过时
她们从来不穿鞋子）
我想去，只是因为除夕的夜里
街上一个人都没有

天　上

天上究竟有什么
我不知道
就像我们的飞机
并没有飞到天上一样
我们的飞机
飞在海拔 10000 米左右
它离天上
还有一段距离

一路小跑

从河边到花园
需要三分钟
如果一路小跑
就只需要一分钟
而剩下的那两分钟
我不是在花园
就是在河边上
小时候
我总是在花园
和河边之间
跑去跑来

太阳与红太阳

1

2001 年 8 月，夏天还没有过去
秋天还没有来。它就像
以往的 8 月一样
依然那么热
因为小满
我来了北京

2

小满，我新交的女友
一个湖南人
她并不是北京人
虽然她在北京
已经待了很多年
她说，你来吧
我在西坝河租着
一套房子
在 17 楼上

3

我们的生活就从 17 楼开始
换句话说，我的
失眠也是从 17 楼
开始。夜里
我清楚地听见
有人在楼下走过
他们一边走
还一边说着
他们的话
我转过身去
看见小满已经
睡得像死猪一般
我说，现在
就是小满睡着的时候
谁能够把她喊醒
谁就是她
真正爱着的人

4

我爱小满，小满也爱我
当然，这必须是在她睡着之前

5

快到中午

小满才去上班
她去上班后
我就一个人待在屋里
其实我主要是待在
窗玻璃前
我看着外面的天空
一根烟接着
一根烟地抽
那是我从来没有见过的天空
它们要更高一些
比成都的
也要更宽一些
就像成都的
夕阳，到黄昏时
夕阳就把天空
染红。而
小满她也就
回来了

6

在此之前
小满说她要半夜才回家
有时甚至是
凌晨三点
你想过没有？她问我
你在成都

想过会和我在一起吗?
住在 17 楼上
楼下，每隔十分钟
就有一辆轻轨
轰隆隆地开过
我微微一笑
又摇摇头

7

有一天
是我到北京的第三天
天已经黑了
小满还没有回家
我站在窗前
看着天慢慢地黑下去
啊，小满，小满
我觉得 17 楼太高
高得我都不敢
往下面看

8

很夜啊
小满才回家
她的怀里
抱着一只小猫

9

我没有养过猫
小时候
我养过一条狗
我对小满说
是白色的狗
我养了它半年
就被打狗队的打了
小满啊，那半年我们感情深厚
我坐在我家门前的
路灯下
为它哭了
整整一个晚上

10

还是不说我的狗
说小满抱回的
这只猫
它开始是一只小猫
后来长成一只大猫
当然，也不是有好大
就这么大
如果小满不在家
我看不见它
我看见它的时候

都是我和小满
在一起的时候
我说小满
这只猫怎么看
都不像是
我养的猫

11

转眼
冬天就来了
我在北京
已经待了三个月

12

小满说：秋天是北京
最好的季节
我承认
特别是中秋节的晚上
我和小满在什刹海
看月亮时
就知道秋天
它基本上让我很惊讶
我惊讶得
小心地站在
小满的旁边
我站了有

二十五分钟

13

除此之外
我们还去爬了香山
看了枫叶
喝了茶
照了相
又吃了饭
然后才打的
回到 17 楼上
整个过程中
我和小满
都是高兴的
只是后来
小满，她突然
就生气了
而且越生
气越大
我不知道
她生气和我
有没有关系
2001 年的
秋天里
小满经常这样生气
我没有问

14

然后我感觉到
北京的冬天其实一点也不冷
外面在下雪
屋里开着暖气
小满，她已不上班
成天和我在床上睡觉
早晨五点
我们去
东直门吃火锅
吃到天亮
晚上，如果没有其他事
小满就说
我们给猫洗澡吧
猫，它最怕洗澡
我抓着它
就像要杀它一样

15

2001 年的冬天
北京没有下雪
我每天起床
都要到窗口探望
干燥的外面
太阳又大又亮

看不出有下雪的预兆
更没有下雪的痕迹
就是到了 2002 年
已经春节
北京依然没有下雪
小满说，你看你
跑到北京来
连雪都不再下
我被小满说得
很不是滋味

16

好在一切都会过去
一切就这样
过去了
夏天、秋天和冬天
小满啊，到了春天
我的朋友们
就会来的
我的朋友们一来
我就要请他们喝酒
楼下那家小卖部
它的酒
会被我们喝完
我的小满
我希望

你也喝一杯

17

我和小满是在网上认识的
小满在北京开出租车
我在成都做推销
我们认识后
小满就来成都看我
我说小满，网恋
我是第一次
小满说
她已经是第三次了
不过，小满补充
她希望这次
是她最后一次
我想小满
她难道
就需要三次

18

当然
她并不是只
需要三次
她需要三次的
是网恋
2002 年的夏天

小满，开始
不停地发短消息
到秋天后
她已经
勾搭上一个
叫陈凡的少年
我说这是“短恋”
小满说这是“信恋”
总之
不论是“短恋”
还是“信恋”
我都不会
我会这些事
是在“非典”期间

19

在北京
我过起来
是非常地慢
每一秒钟
都像是一秒钟
而想起来
它又是这样地快
每天中午
当我从睡梦中睁开眼睛
窗外明亮的阳光

还依然让我
拿起电话
在成都
这样好的天气
朋友们总要
到河边上
喝茶、下棋和打牌
在成都
这样好的天气
非常少见

20

所以
我想对石光华说
现在我才明白
打牌是一件多么有意义的事情啊
特别是从午后开始的牌局
夏天的太阳把路面晒得烫人
而我们坐在茶坊里
一边喝茶，一边等王镜

21

小满问
春节你回成都不
我说我要
当时

小满在厕所里洗澡
我站在厕所旁
看她洗
小满每一次洗澡
都要洗很久
起码是五分钟
这一次
小满也洗了很久
有七分钟
她一边洗
还一边问我
那你还回来不
我说我要

22

又一辆轻轨从楼下过去
它轰隆隆的声音
这次特别地响
我忍不住
头从电脑上抬起来
猫，呼的一下
逃得无影无踪
几乎，都是这样
屋子里空荡荡的
一直要等到
小满回来

屋子里才不
空空荡荡

23

吃了晚饭
我和小满
就坐在沙发上
看电视
猫蜷缩在
我和小满中间
我，有时是小满
偶尔转头
看看它
它就冲着我们
喵的一声
它叫得就像
一只猫在叫
小满说：瞧啊
它那父母
双全的
样子

24

是的
早晨，太阳是
从这边窗口升起

傍晚，太阳又
从那边的
窗口落下去
而我早晨是站在
这边的窗口
傍晚时
我又站到
那边的窗口去
一天里
我只在中午出门
走五分钟的路
去燕丰超市
买菜和水果
再走五分钟的路
回到 17 楼
小满说，今天
她想吃西瓜

25

我买了一个大西瓜
抱着它
从燕丰往回走
那是中午
阳光明媚得
看不见人
蟹老宋关着门

超时空网吧
也关着门
还有两家卖衣服的
还是关着门
从燕丰到
我们家
我只看见
一辆出租车
飞快地开过去
是红色的

26

而在此之前
小满的“短恋”
已发展到
最热的时候
每天半夜
那个叫陈凡的
都有短消息
问候她：宝宝
你睡了没有
小满看后
转身对我说
宝宝，我们就
睡了吧

27

只是
我，睡不着
失眠对我而言
已经有
两年的时间
它就是从
我来北京后
开始的
小满认为
主要是
我还没有
习惯
北京的
生活。她这样
说：你总是
想着你的
成都。茶坊、酒吧
打牌的人
他们
从下午
就开始约
天，那样的阴
我们坐在
牌桌上

不分昼夜

28

又是一天
太阳，从我的窗户上
升起来
我就站在窗户前
看着它升起来
小满，躺在床上
小满还在睡
“非典”的
这些日子
小满睡得很好
她晚上睡
白天睡
我为她打开窗户
也打开门
风很大
我们家空气
非常畅通
在“非典”的日子里
这是重要的

29

现在，“非典”啊
还没有完全地完

真的没有完
小满，她已经
开着出租车
出去挣钱
我还是待在家里
像“非典”时一样
不一样的是
我们家的猫
已经在
半个月前
跑了
我躺在沙发上
门敞开着
我想我们的猫
它可能还会
跑回来

30

持续阴雨两天
这在北京
是难得的
第三天中午
中午刚过
我醒来
就看见阳光
它那么亮

我忍不住
给小满打了
一个电话
我说，小满
我们是不是
去东直门
吃龙虾
小满说，去吧
当时她正在
长安街上
我站在 17 楼
等了她三个小时
她才来接我
太阳，我再
说一句
它已经到了
那边的窗口

蓝天的颜色

小王不知道蓝天的颜色
是因为他没有看见过蓝天
而小李不知道蓝天的颜色
因为他是哲学家
小李说：蓝天的颜色
谁知道呢？
如果我们说蓝天是蓝色
小王他知道吗？
如果小王不知道
蓝天又怎么会是蓝色呢？
小李说完
转过头去看小王
小王正在看天
也许他看得非常认真
但小李并不知道
他看见了什么

爱尔兰咖啡

一杯爱尔兰咖啡
被服务生端上来时
我不知道有什么好写的
是先写咖啡
还是先写喝咖啡的人
喝咖啡的人
她的手放在窗台上
窗外，一条小路寂静
爱尔兰咖啡啊
关于它所有的写作冲动
是因为它加有伏特加
喝咖啡的人
喝了之后
就差点醉了

哦，一幢幢红色的房子

并不是只有在梦中
我们才能看见红色的房子
就是在现实里
当我们从八一路走过
也会看见一幢幢红色的房子
一幢，两幢，三幢
三幢后面还是红色的房子
三幢后面的房子
我们尚未看清楚
究竟有几幢
那天下午我在看时
旁边也有人在看
他一边看还一边说
怎么是红色的呢
我没有理他
甚至连回头看他一眼也没有
那天下午
我看得非常专注
并且被那些红色的房子
搞得像我们家
发情的白猫

天天向上

我躺在床上的时候是一些乱七八糟的事情
我坐起来
就不乱七八糟了
除此之外是
当我一抬头
就看见电视机、花瓶和三个苹果

花　儿

花儿
它怎么突然就开放了
又怎么突然就凋谢了
我看了一天
也没有看清楚
它开放的过程
就像我看了一晚上
也没有看见
它是怎样凋谢的
时至七月
白天热晚上也热
在这热到一堆的日子里
花儿
开了又谢
而我们连亲热都已忘记

桉　树

1

这株桉树与其他的桉树不一样
它特别地高，特别地高
我从下面往上面望
还没有望到它的树尖就已经望见了天
像一片天和另一片天
像两片天空和三片天空
二十年过去了
我一闭上眼睛它们仍然悬挂在
这株高高的桉树上
数不清楚有多少
但知道
都非常地亮

2

小丽在这株桉树下等我
她整个身体靠在桉树的上面
一片桉树的树叶
慢慢地落下来
并准确地落在她的胸前
那是我们第一次约会

那应该是一个秋天的傍晚
天正在黑
小丽抬起头往上面看
她说：我越往上
越是什么也看不见

3

我爱上这株桉树是从那时开始的
小丽爱上这株桉树也是在那时
在几株桉树中
我们单单选择这一株
我们有我们的理由：
我是因为它的高
小丽是因为
落在她胸前的桉树叶
再说一下二十年以后吧
这株桉树还在
而那片树叶
是不是还在
要问小丽
才知道

4

二十年的时间里这株桉树并没有再长高
但它依然是最高的
比所有我见过的桉树
都要高出一头

南山树

南方有山
名叫南山
山上有树
名叫南山树
南山树
我看见过
在风雨中
和其他树一样
在阳光下
却和其他树
不一样了

小　鬼

我养了一只小鬼
有那么大
在我需要时
喊一声
它就出来
我不需要时
就把它
放在手里
我揣着双手走在街上
别人看不见它

可　以

我可以
用一张百元的人民币
把一根筷子砍断
我还可以
从梦中回到成都
把一件衣服
拿到北京来
当然，这些都可以
是假的
而真的是
我可以用一张纸牌
把上帝、观音
和我的前世
请到面前
问他们
这首诗好吗
他们齐声回答
还可以

萝　卜

上午十点
我去燕丰商场
买了五斤萝卜
回到家里
我把萝卜切成
小块小块的
煮了一大锅
不到半个时辰
萝卜就已煮好
我连锅端上桌子
大吃起来
我吃得好快啊
只几口
就吃胀了肚皮

一些像爱情的东西

2003 年开始这些天
我们天天喝酒
就在我们楼下喝
一直喝到醉了为止
喝醉了
我就回家睡觉
刚刚睡着
我又喝了起来
只不过这次
换了些人
也换了地点

现代城市生活

我父亲在五马路上摆了一个卖报的摊子
他卖报纸，也卖一些杂志
其中有一本叫《现代城市生活》
是我办的。每个月
我都要派我的五个手下
去他那里买五本
我父亲说
你的杂志卖得还不错

五个红苹果

1

我在燕丰超市买了五个红苹果
我把它们洗干净
放在客厅的茶几上
那客厅，一天到晚都照不着阳光
一天到晚都要点灯
五个红苹果
一个比一个红

2

其实不是五个红苹果
只是两个红苹果
九月的下午
我就买了两个
红色的苹果
并不是另外三个我没有买
而是其他红苹果
我都没有买

3

电梯司机小王
是河北乡下的姑娘
她们家有一个很大的苹果园
她告诉我：苹果
不仅有红色的
还有黄色的和青的
我说我知道
我不知道的是
有没有白色的苹果
小王笑了
白色的苹果
她没有见过
我也没有见过

4

我们曾经做过这样的游戏
我们分别把五个红苹果
放在五个不同的地方
比如其中一个
就放在窗台上
当窗户打开
它在窗台上
当窗户关上后
它还是在窗台上

一晃十一年过去了
它依然像
还在窗台上
它是五个红苹果
其中一个

5

我把五个红苹果吃完
用了七天的时间
我每天起床吃一个
有两天我没有在家里住
所以我用了七天
才把五个红苹果吃完
我前妻比我强
如果她愿意
她可以一口气
吃完五个苹果

6

我的前妻不是小王
小王不吃红苹果
小王说，一个苹果长得那样红
真不忍心吃掉它
一个红苹果
放在床头
它比被吃掉

给人的好处更多
种苹果的人
认为红色长在苹果上
是最恰当的颜色

7

我下楼去买烟
手里拿着一个红苹果
开电梯的小王问我
你很喜欢吃苹果
我说我不喜欢
我喜欢拿着
红苹果
外面太阳很大
秋天的太阳啊
它很大，但它不晒人
我拿着一个红苹果
走在路上
像走在
小王她们家的果园

8

一个小女孩跑过我的身边
她的手里高高地举着
一个红苹果
另一个小女孩也跑过我身边

她是在追赶前面那个
举着红苹果
飞跑的女孩
天正一点一点黑下
红苹果也正
越来越远
比两个飞跑的女孩
还要远

9

巴黎的人管红苹果
不叫红苹果
这是每一个巴黎人
都知道的
就算不是巴黎人
也知道巴黎
管红苹果
不叫红苹果
1927 年夏天开始
巴黎的史密斯太太
每天早晨起床后
都要吃掉
五个红苹果
她一直坚持吃了
十年又三个月
史密斯先生觉得

她吃得太多

10

小王听了史密斯太太的事
先是笑了笑
然后就埋下她的头
我和她站在电梯里
就我和她
电梯正从 17 楼
慢慢地往下
小王，我忍不住
俯过脸去问她
你怎么了
小王说，没有
我只是在想
巴黎人管红苹果不叫红苹果
那他们管它叫什么

11

我走到卖苹果的摊子前
对卖苹果的人说
我要买五个红苹果
五个红苹果
一个比一个红
有一个不红
我就不要

卖苹果的人
从一大堆
红苹果中
给我挑了五个
最红的
红苹果
每一个有
半斤那么重
公元 2003 年
9 月 11 日
我买了
五个红苹果

情　诗

我看见小红走进 5 号楼
上了电梯，按了 17 层的按钮
我就站在 17 层，我在等她
电梯到了，停下，打开
我没有看见小红出来

花　瓣

我把花瓣撕成两半
我承认，我有病
那是上午，我
自己待在窗前
阳光也照在窗前
我把花瓣撕成
两半以后
又回到床上
我还想睡

三朵花

有一次在回家的路边
我看见一堆牛粪上
插着三朵花
其中一朵
比另外两朵
开放得更加
鲜艳迷人

距　离

有一个地方
我不知道它在哪里
比如它的方向
它和我们的距离
就像许多其他的地方
我同样不知道
它在哪里
以及它的方向
它和我们的距离

山　顶

在那高高的山顶上
有一朵白云飘了过来
当白云飘过之后
在那高高的山顶上
就没有了白云

在大连我们谈到了白居易

比任何闪亮的明星还要闪亮
初到苏杭，万人空巷
诗人，刺史，新近失意的
中年才子，还有蜀国的爱情
遥远，隐蔽，若有若无
夜夜琵琶声，一声比一声低眉
少女和少妇全体出动，擦肩接踵
花枝招展地绕过青石板桥
不单是为了看他
更大的希望是被他看上一眼
李杜以降，鲜有其匹
让我们这些后来的诗歌写作者
望不见早已消失的背影
当然，这并不是说那把野火
也不是感叹“此恨绵绵无绝期”
在大连，新婚之路沿海而去
我们偶尔停车，下来说些风凉话
有人还找地方解手，甚至还解大手
生活多复杂，整个世界千丝万缕
只是一个诗人，他混到现在
却连一根针都要不了

更不要说大珠小珠，以及回头一笑
那是啥子？那是白居易的福气
他晚年纵情酒色，搞忘了卖炭翁
这不关我的事。谁突然插话
沉默，就像手机响了一阵又一阵之后

在南京和贤茂兄谈论孝道

那真是一道人生的难题
难啊难，简直难如上天入地
我们用尽毕生的精力，青春和才华
也没有绕过它，甚至没有和它
保持应有的距离。我转过头
推窗远望，像一个做了错事的小学生
万恶淫为首，不孝无后为大
我有一儿一女，依然汗不敢出
想起当年父亲临去，他已经去了五年
偶尔梦到，醒来后依旧茫然
贤茂兄，我的至交好友
许多事我只能想，但并不能说
游子身上衣，慈母手中线
而他自己二十一岁就远去了南京
怎么不变得小心翼翼？远处是富贵山
他家的窗户看得见山上的景色
就在这里，他拿出一本书
胡适之先生曾经说，孝道猛如老虎
吃掉了多少英雄儿女。不仅仅是
他们的身体，还有他们身体中的梦想
只是先生却是一个有名的孝子

温柔敦厚，全没有新文化的锋芒
这时南南进来，她刚洗了澡
新鲜的头发披散在裸露的肩膀上
沉默。过了好久，我提出这样一个问题
请问兄弟，究竟什么是母爱
它小如松子，掉下来同样可以砸死人

读古诗

相思比孤独可怕，特别是在古代
三千里路要走五年，一年比一年远
如果我在等待，我当然在等待
那我们见面的日子是哪一天
胡马依北风，风又冷又大
越鸟巢南枝，只是它能否承受
生命中越来越接触不到的轻
昔为倡家女，今为荡子妇
所有的苦和怨，也仅仅
是因为没有飞机：我下午从北京出发
黄昏时已经和朋友们在成都喝酒

2005 年中秋感怀

中秋将至，今夜突然阴雨绵绵
这句话也许有点过了，只是我自己
独坐天通苑，想蒋荣，不知道他回来没有
再想张羞，想吴又，想马策和叶明新
想李涛，君子之交浓如千杯酒
我们各忙各的，已经好久没有见面
2005 年，时事有变化，就像所有的阴天
我搬了家，离朋友们越来越远
这不是坏事，但它肯定不是好事
它说明我现在没有看见月亮
而昨天我看见了，它好圆
仿佛马上就要圆得像唐朝的那月亮
对影成三人，惹李白万分伤感
下午，我说的就是在这之前
我接万夏的电话，他不是请我喝酒
他仅仅是向我打听一个人的地址
一个我不认识的人，他也暂时不认识
一个我不喜欢的人，他也许喜欢
一个我喜欢的人，他当然还是喜欢
中秋八月，十五的月亮亮若灯光
我喝了几杯酒，我非常想念

大学之道，在明明德，在亲民，在止于至善
人生之道，在交朋结友，在呼三邀四
以及更多的时候独饮独醉，独自上高楼
在性爱，在快活，在吃不完兜着走
就像一首诗，它是废话，也直抒胸臆
特别是在今夜，中秋将至，突然又阴雨绵绵

找王菊花

在中国，有没有
三万三千三百三十三个
王菊花？在中国北京
有没有三千三百三十三个
叫王菊花的女人？
她们都是些什么样的女人哦
都是些什么样的女人
其中一个，当时只有十九
和我在天通苑生活了
三百三十三天又三个小时
那是好漂亮的日子，好幸福的
日子，只是太过短暂
三个小时后，她去了北四环
就再也没有回来。在中国
有没有三万三千三百三十三个
王菊花？在中国北京
有没有三千三百三十三个
叫王菊花的女人？
我只认识一个，仅仅只认识一个啊
可是她走了，就再也没有回来

乐　乎

1

今夜我独饮，这已经是第三杯了
一开始我就想到古代的圣贤
他说有朋自远方来，不亦乐乎
这种快乐我曾经知道，且常常领受
只是现在，我搬到了天通苑
它不近不远，才没有人跑过来
以至门铃偶然一响，还把我吓一大跳
特别是酒已微醉，眼睛蒙眬不醒
我应该少喝点：君子务本，本立而道生

2

其实我原不该这样孤独。我的身边
有好多的女人。我的外婆，哦，她已死
但我的母亲还在，她健康得放心
七十三岁了，带着我的儿女住在成都
儿女已经长大，他们给我发短信
每天一条，说手机的费用还是很贵的
贫穷啊，所以使亲情也变得遥远
而我的女友，现实中的邻居

此时正在睡觉。她的生活规律
早就习惯了和我的不一样
另一个隐秘伴侣，纯精神关系
我一般晚上才想起她，比如今夜
她不在我身边，也不在其他人身边
子曰：她在观其志，不在观其行

3

当然我并不是一个志存高远的人
就像我并不是一个酒鬼。我喜欢喝
是我喜欢和朋友待在一起
只有那样，我才明白我存在着
就像有时我会突然摸摸我的钱包
我怕它丢了，我回家的路还远
它丢了我又怎样回家呢
孤独啊，我在世的日子还长
一个人过，时间会过得非常慢
再说我又不是猫，比如我家的猫
它从来就是和自己过，甚至这辈子
也没有看见过其他的猫。春天
它发情时叫得多惨，其声惊呆了我
我发誓：如果它不死，我绝对不丢弃它

在沙市：应刘洁岷之邀给他的《新汉诗》写一首诗

1

我和刘洁岷
是在湖北沙市
认识的。当时是
1991 年 8 月
夜晚，热气未退
凉气还没有
完全地来
刘洁岷，他在
大排档请我
喝啤酒
也谈诗歌
我光着膀子
正在开始长肥肉
而他戴着眼镜
穿戴整齐
像一个年轻漂亮的
知识分子
前几天，我对
孙磊这样说

他显然很惊讶

2

没有人知道
我和刘洁岷认识
有这么久
而我们的友谊
居然还有
这样的细节
当然，也没有人知道
我曾经在湖北沙市
待过半年
就是刘洁岷
甚至高柳（下面
我将说到他）
也不知道
那是我个人的秘密
我很少对其他人
说起：一晃虽已十五年
却仿佛是
上辈子的事情

3

她叫李××
湖北长阳农村人
但长得绝对

不像一个农民
当时她二十四岁
逃婚来到
沙市，在一家
印刷厂当
厂办的秘书
我先认识她的厂长
后认识了她
在沙市，我孤身
寂寞。她说
她也孤身
至于是否寂寞
她并没有
说出口
某一个星期日
下午，沙市的阳光
照在江汉平原上
我去了她家
和她一起吃土龙虾
直至深夜
那天，我没有走

4

我暂时不说
长阳人李××
既然说沙市

我就必须
先说诗人高柳
因为，如果不是高柳
我就不会去沙市
如果我不去沙市
我就不会认识
李××，也不会
在 1991 年就
认识刘洁岷
他们之间
虽然没有联系
也没有比较
如爱情和诗歌
以及沙市日化
活力 28

5

1988 年的春天
高柳来到
成都新二村
在我家的阳台上
我们还照了相
那张照片
现在都还在
新二村的家里
我去年回去

还翻出来看过
高柳其实没什么
变化，而我
变化就太大了
当时我刚烫了头发
眼睛中闪烁着
第三代诗歌运动的光芒
只是不知道
这光芒
到了沙市后
还有没有
那样闪烁

6

在沙市
高柳为我
搞了一个诗歌
朗诵会
并请来了
许多男人和女人
刘洁岷好像是
其中一个
又好像不是
但他肯定
是我至今依然
记得住的

唯一的名字
除他之外
还有几个女人
她们年轻、漂亮
并且都高大、丰满
这让我永远认定
湖北沙市
那里的女人
都高大、丰满
说一个细节
就是当朗诵会结束后
我们所有人
均需要从高柳
单位的铁门
钻出去，某女
她因为一对
突出的乳房
总是钻不出来
我就站在她的旁边
简直惊呆了

7

李××也是丰满的女人
只是她并不高大
就像她住在
湖北沙市

但她却不认识
高柳他们那
一群诗人
我们同居后
过起了
普通人的生活
我白天出门拉广告
她去印刷厂上班
晚上我回家
她已经在饭桌上
摆好了啤酒
土龙虾、花菜
这是我特别
喜欢吃的两样
她清楚
如果我哪天
没有吃这两样
我哪天
就没有力

8

李××的真实
是我迟迟不愿
离开沙市的原因
刘洁岷，还有高柳
我的两位兄弟

我其实在
沙市就这样多住了
三个月，这三个月里
我哪儿也没有去呀
只是和她在一起
天天在一起
直至有一天
突然偷偷跑掉
哦，李××
她后来怎么样了
我就一点
也不知道
人生恍惚恍惚恍惚着
不如意的事
十之八九

9

所以，我从来
不提沙市
就在我写《灿烂》时
也没有提到
这个有我许多
故事的小城
包括它
旁边的荆州
也包括它的

有线广播
某某的散文
在某某省级刊物上
获得三等奖
我斜穿过马路
猛然听见
有人在谈论诗歌
我相信他们是
高柳的朋友
是刘洁岷的朋友
但我并没有停留
已是秋天了
我得赶快回家

2006 年 8 月 25 日送杨轻回成都

请不要对我说人生是一出悲剧
即使它是悲剧我也无法
从台上跑下来
从前有一个和尚就是因为中途跑过一回
结果到现在他的戏都还没有演完
杨轻啊，你过西安了吗
我想

1669 年的寡妇

1

彭氏的丈夫陈太祯
1669 年因病去世
他生前并不富有
只给彭氏
留下了一片地
一间房子
一头牛
他们有个儿子叫陈连
父亲死后
母亲送他进了村塾
村塾离家也不远
就在一座寺庙旁边
彭氏每天送他去上学
然后再回家
种田和纺纱
遥想她那时还年轻
眼巴巴盼着儿子长大

2

这样的寡妇
1669 年还有许多
她们怀着对已故丈夫
深深的思念
和孩子一起
坚定地活下去
她们希望有一天
孩子成了
受人尊敬的读书人
而自己成了
乡里乡外
学习的楷模
彭氏说：就像李氏
她今年八十一岁
二十一岁守寡
带大了自己的儿子
以及丈夫前妻的
两个儿子
和她成为孤儿的孙子
现在他们全都通过了乡试
有一个还成了举人

3

当然，这只是

寡妇李氏的运气
它并不代表
彭氏也有这样
美好的未来
一开始
比如她的堂叔
就牵走了她的牛
而且再也没有归还
这在当时是一件
重要的事情
因为牛，它不仅是
农家耕田的牲畜
也是一个家庭
平安的象征
所以，牛受着较好的喂养
不工作时
它被拴在门前
让路过的人观看
而彭氏和她的儿子
他们没有了牛
他们并没有注意到
这可能是一场
大悲剧的预兆

4

是不是

男人的寿命比女人短
至少 1669 年
应该是这样
当年的一本县志
就记载了许多
有名有姓的寡妇
陈氏，十九岁守寡
带着一个儿子
活到八十一岁
安氏三十岁守寡
带着三个儿子
活到六十四岁
还有范氏
二十三岁守寡
带着一儿一女
活到了七十八
有一本神怪小说
曾经说某女鬼
深夜去骚扰这位
著名的烈女
她端详着女鬼的美貌
叹息自己不是
男儿的身体
五十五年了，其实她已经
完全忘记男人
究竟是什么样子

5

以上这些故事
我是在美国汉学家
史景迁的著作
《王氏之死》中
读到的。他后面说
寡妇彭氏的儿子
最后死得非常地惨
他的又一个堂叔
为了霸占
他父亲留下的
那点产业
就在他的学校门前
一棒子打死了他
他的学校在
一座寺庙旁边
寺庙里慈悲的观音
看着他被打死
而关于彭氏本人
这书没有再说

没有爱情，我的生活将怎样过?

2007年的春天
它平常如往
而我却没了爱情
就像很久以前
我没了工作
没了工作
意味着我没钱
但这个问题
我并不是很怕
没钱我可以去找
实在找不到
还可以向朋友借
而爱情啊爱情
我到哪里去找呢?
更不要说去借
在这个美丽的世上
爱情本来就不多
平均两个人
才有一个

即使我说动了

其中的一个

也要另一个同意

她才能借给我

我来北京是因为这里阳光灿烂

华安，今天
是阴天
一阴到底的
那种阴天
上午像黄昏
下午它
也像黄昏
只有黄昏时
不像黄昏
黄昏时，它
已经像极了夜晚
华安，对
我这个天生的
黄昏恐惧症
患者，今天这
天气真让我
一天都在烦躁中
不是烦恼的烦
也不是躁动的躁
就是烦躁。它
让我有点怕

有点不知所措
就像华安
你究竟是谁
怎么突然出现
在我的诗里
并且就在
这个像黄昏一样
让我惶恐的
阴天：它比黄昏漫长
它就在我的窗外
而华安，你在哪里
你是哪个
或者，在这个
狗日的阴天
有没有你
这个叫华安的人
我没有钱了
我的手机
也没有钱了
所以今天我很安静
它就像今天
看起来马上就黑
其实离黑
比离华安还远
真的，华安
我说的全部是真的

如果有一天
你看见我的诗
你就会知道
这首诗是我在
北京天通苑
东一区 12 号楼
1901 室写的
当时我一个人
住着四五间房子
它们和外面
像黄昏一样的阴天一样阴
我无言

而戈，帮我想一下这事

有一天，我给而戈
讲了一个女人的故事
有冤屈，或比冤屈
更悲惨的不幸
而戈说，他说杨黎
我想看你把它写出来
我摇头，眼睛拿开
并不是所有的事
都可以写的。再说
我找了个简单的借口
我现在那么忙
这是一个月前的事
至少有二十天
直到今晨五点
而戈，我从梦中惊醒
突然就非常地想写
我想啊想啊，那女人
有没有那女人
她究竟发生了什么
悲惨得让我不能入眠
在星期天的早晨
窗外有人在卖白菜

地　震

1

今年三月以来，我就非常想写一首比较长的诗
我写了一些句子，又删除，最后到了四月
那是成都的春天，好多人都去了鲜花盛开的郊外
我还是没有真正动笔。而有人问我
他们问：杨黎，你最近在干什么啊？我就说
我最近在写诗。对于一个诗人，这不是一句假话
它甚至一点也不幽默

2

现在，汶川地震的十天之后，我回到了家
我得赶紧开始我的写作。关于这首诗
它是我自己的诗，当然没有人限定我完成的时间

3

但余震还在，摇晃的事情经常发生
它使我坐在电脑前不安静
它也使我的诗歌不安静：我怀疑我的房子
就像一个流浪者怀疑他的祖国。真是对不起啊
吉木狼格兄弟，我又在这里使用了比喻

4

我站起来，去厨房为自己泡一杯茶

5

世界是我们的，它也只能是我们的
是我烧的开水，我洗干净的茶杯，我泡的竹叶青
我把它端到电脑前重新坐下（不是我，那是谁呢）
在卧龙熊猫基地，有一条标语是这样写的
世界是我们的，它同时也是熊猫的。我认为
这完全是一条错误的标语。我不喜欢熊猫
这畜牲根本不想活了，它一年最多才交配两次

在躲地震的夜里，蒙蒙细雨使天气变得寒冷
我摸索着女友弯曲的身体
时间好紧啊，我把她的沙发摇得比任何一次余震还大

6

许多人来了，他们心情复杂，去了地震中心
而我躲在地震的边缘，住在八百元买的帐篷里
我每天斗地主、下围棋，也喝一点啤酒
生活正在发生变化，只是我没有感觉到它的方向

7

我在改革中没有找到方向
在民族艰难的时刻也没有找到方向

甚至在余震中还是没有找到方向
虽然余震本身没有方向：它每天发生几十次
我能够感觉到房子晃动的至少有一次
比如昨天中午十一点，我正在厕所里大便
房子又晃动了，我想：我是擦了屁股站起来
还是不擦屁股不站起来并继续大便
在 2008 年 5 月的成都，这是一个问题

9

可以感动的人太多了
他们泪腺发达，哭有利于身心健康
我爸活着时就说过，我妈是一个很爱哭的人
她会因之活到一百岁。这是我们家的福气
512 之后，我多次劝我妈和我去住帐篷
我花八百元买的豪华帐篷啊，她不去
她说她每天都要看电视，那些灾民们好惨哦
我妈说：她看一场哭一场。最近，我妈哭得好安逸

11

我想，我是被地震震垮了
一位老中医告诉我，我得的是
地震高血压：地震前我有明显的头晕
而地震后，我一住进房子就会头晕
晕得凶的时候，余震就发生了
2008 年 5 月以来，我差不多天天都头晕
它就像我们成都，每天都会摇晃

13

要承认啊
夏天虽然来了，但却没有去年招展

15

一切都会过去。这是我十八岁时写的诗句
它因为一次失恋，和许多失恋者一样
如今二十八年过去了，我对一位朋友
又说起了这句诗：是的，一切都会过去
太大的悲伤会使时间过得更快

16

因为，并不是只有地震才是重要的
对于悲伤，它是所有悲伤中的一种
一个小孩失去母亲，那是悲伤的
形式，也是悲伤的内容
而我关心的不止形式和内容
我关心悲伤它发生的必然性
在悲伤之中，我不应该是一个
沉默的人，但我要说的却不是悲伤

17

救人是必须的
它不需要说，也不需要理由

18

当地震发生之后的第二天
地震就变得不真实了
我的一个朋友住在绵竹汉旺
我很想去看他
但却迟迟未动
为什么？我问我自己
而我自己也没有回答

后　悔

1

我非常后悔
2012 年 2 月 21 日夜
我为什么没有回家?

2

小李，我幻想中的女人，或者过去的情侣
她约我喝咖啡，我答应了但却没有去

3

而在当代 MUMA，今年夏天的酒吧
喝醉的朋友一个跟着一个走出来
有的走得快点，有的走得比快点要慢

4

我走不动，我只有站在那里发呆

5

李小红坐在对面
她胸前的纽扣掉了

但我没有看清
天就一点一点黑了

6

这不需要后悔
世界那么大
我看见的仅亿万分之一

7

而我的朋友去了柬埔寨
她认定自己的前生
是丛林中的小和尚

8

那真是奇了怪了，金鱼

10

当秋天来了
我打算去广州

11

瘦高的女人和炎热的下午
她们好多次出现在我的梦中
尤其在冬天下雪的时候

12

一切都是真的
并且永恒不变

13

比如，我只是看见过李小红
我并没有看见她
胸前失落的纽扣

14

在鼓楼青年旅社
我们住下后
又去对面的烤肉店
吃烤肉，喝啤酒

15

你对我的方式
流露出些许不满
我知道，小红
比李小红要高一点
比小李要丰满些

16

有朋友远道而来

穿了一双特大的皮鞋
那走路的姿势
一拐，一拐，一拐

18

晚上，我喝了三瓶农夫山泉
又喝了一瓶酸奶和一瓶绿茶

19

小红，我记得你就是比李小红要高些

20

北京的冬天黑得快
一个人待在家里
自然要想起另一个人

22

还在下雪
我穿衣出门
去喝酒

23

她的指甲涂得再红
她的手还是那么小

24

夏天，夏天，夏天
有的人热死了
有的人很凉快

27

我的前世是一个放蜂人
我下一次要当公务员

28

在望京找房子
碰见我妈的儿子
他不是我
也不是我兄弟

30

我之所以住在
左家庄东街
是因为我认识
左家庄东街
卖豆腐的人

31

凭什么说：太阳
每天都会升起

32

他喝醉了
在她的怀里
睡得像小孩

33

我是太阳的情人
暗地里迷恋
它的万丈光芒

35

有一次去放蜂
看见一村姑
在花丛中站起来
白晃晃的屁股
差点被马蜂蜇了

36

我想睡一会儿
在整个冬天
我都想睡，并想
在睡梦中看见
一场夏天的
哗哗的大雨

37

你不该离开我
我真的好后悔

38

今年的冬天
我一个人待的时间
比过去五十年还多

39

在春天，我要办一个茶铺
阳光下有好多人来喝茶
在夏天，我要办一个酒吧
深更半夜，我陪你喝到
整个酒吧只剩下我们自己
现在是秋天，我在等冬天来
心里面不知道它来不来

40

你轻轻摇晃
我忍不住

41

12 月 12 日
我在哪里？

一个诗人在风中说

1

一个诗人是一个病人，不然他在风中说什么？
或者，他为什么又一定要在风中才愿意说：
好大的风呀，好大的风。那是装神弄鬼之风。

2

一个诗人在风中，那些风吹着他的黑发。
他的黑发早被吹得纷飞乱舞，就像他的女友——

3

无论是丰满的小王，还是轻盈瘦小的陈琳，
只要是一个诗人的女友自然都飘在半空。

4

一个诗人，而且在风中，一个诗人在风中
他还说。他说什么呢？呵呵：
电脑如烟，世界如匪徒，中医是汉族的传统。

5

而小明，他的弟弟比他还要大：

因为这是在风中成长的弟弟，有风的速度。

6

在风中，一个诗人对另一个诗人说他想过一种生活，
这是他在梦中梦见的发财之路，比较远而蓝。
另一个诗人，他当时正小心翼翼拿出他的袋子，
他说他要把这些风全部装进去，他的小王和陈琳。

7

我不明白，这些话他们为什么要在风中说？
但我相信他们说的肯定不是风。

8

二十年前我就看见过下面这句话，是在一本笔记本上。
我把这本笔记本保留下来，每当有风起
我就拿出它，我想找出它们看似简单的后面那深层的
含义：
大姨妈死了，二姨妈埋。他说：在风中。

9

哦，在风中
我睡不着
起床登录微博
发了一条我的
征婚启事
几分钟后

S和北京SK
分别发来了
私信
她们都表示
在这个风
很大的夜里
愿陪着我
过完后半夜
我突然发现
在北京
每一个夜里
都有好多人
无法入眠
并且不仅仅是
哦，在风中

10

这让我想起1966
在成都文殊院
陪我爸住了
大半年之久
在那将近一百八十天中
几乎没有风
至少是我的记忆中
没有吹过任何风
我和我爸

住在法鼓里
而我们对面
是晨钟
偶尔中午
我妈悄悄过来
端着她为我们
炒的回锅肉

11

外面闹是外面的事情，如果我心里也闹就是我不对了。
心里伤感是心里的原因，如果外面也伤感还是我的
　不对。
我是一个诗人，我的一切折腾都必须在风中进行：
最近我非常平静，这是假的，我的心里已经听见了风声
正在来，至少正在来的路上，和好多逃跑的坏女人。
为了阿门，也为了南无阿弥陀佛

美啊，那一条一条杀人的腿

1

成都，小雨，深夜，那些陌生的街道。
她站在路边，天空中没有飞行物。

2

这个时候和他划清界限的人是小人，而骂他的人是坏人：坏人就是狐假虎威、狗仗人势之徒。对于一个已经无权说话的人，你的所有批驳只是证明了某些人的正确。
我在很小就这样认为，并这样悄悄走小路。

3

一只手停在桌子上，一根手指和另外四根手指都停在桌子上。

4

一个女人自己和自己在一起时，这个女人是世界上最美的女人。三个女人在一起时，每一个差不多都有点牙尖。而一群女人，那就是恐怖主义。

5

但男人不一样。

男人如果总是自己和自己在一起，那不是悲观主义哲学家，就是变态蓝胡子。

6

昨天这个时候才睡，今天这个时候已经醒了：

这当然是暂时的。

现实那么冷酷，我非常愿意待在梦中。

不是卖皮鞋的老板娘，就是收水费的小姐，以及刚才那模糊的湖北人——

我不想离开她们。

7

哇哇哇——在白夜，一个女人说：要么爱，要么有钱，要么能干。

我并不为这个哇。

王镜说：你究竟该干什么？

我哇，可以吗？

我不是能不能干的问题，我是没得干。

8

我想办个馆子，就叫早酒。凌晨五点，有人起床了。他们到我这里来，喝碗鸡汤、吃碗面条。当然，更有人要盘我的凉拌鸡，打二两我泡的枸杞红枣酒，喝了起来。

我为那些早起的灵魂提供桌子，为睡不着的人准备板凳。
时候不早了，我们抒情的句子越来越简短：一切都赶在天亮之前。

9

我还想结婚，我想找个人和我一起卖早酒。

11

嗨，一觉醒来，不仅无人愿意嫁我，反而有二三看笑话的。
这是啥子世道？难不成我只有自己抱着自己睡吗？
秋天已经来了，冬天自然不远了，我好冷。

12

成都突然凉快，它就这样凉快下去了？
每天的雨，现在才九月。
我不喜欢热，但依然怕突然凉快。

13

我非常赞同这样的感觉：她看着我把一双皮鞋从她的店里拿走，她没有说，只是默默地看着我。从此以后，我们就是偷皮鞋的同盟者。

14

都江堰在下雨，水量增加凶猛，据说 20 日左右还会更多。
突然觉得，有点像 1982 年。

15

母亲的身体，儿子的学习，家里的耗子，满街的喧嚣。
成都啊，你啥子时候才有完?

16

我睡不着：起床，开电脑，点烟，想写一篇 8 月 18 日的博文。呵呵，等了半天，电脑总打不开。这真是一个倒霉的日子，就让它倒个够吧。
我决定再抽一根烟就睡了。即使依然睡不着。

17

她知道什么是快乐吗?或者我知道什么是她的快乐?这个女人，我曾经见过：她偷偷的微笑仅仅是因为我说她非常小，像一个小三。

19

醒了，但显然没有睡够。
今天的安排，上午继续把老易的稿子看完。中午好好吃顿午饭：土豆烧肉，糖醋莲白，干煸茄子，凉拌野菜，西红柿鸡蛋汤。
下午阳光明媚，我应该打三个电话，等三个电话。晚饭和老易谈他的电视剧。我明天回成都，而戈他们难道不找我喝一杯?

21

你简直是一部伟大的喜剧里配送的一个严肃的小角色。

大梦醒来，记录下梦中的台词。

22

我赤身裸体站在窗前，窗外阳光很好，非一般地好，没有一点哀悼的样子。

23

前几天，某人问我：曾经相爱的人分手后是什么样子？我茫然，自语曰：应该各是各的样子。有一些简直如逝者，有些不知曾经相识。

所以，我非常难受。

而一个人对另一个人说：分手就是死亡。我明白，这个人和我已经永远取消了"互相关注"。只是，今天下午的事，我为什么在今日凌晨就梦见了呢？

25

我必须正视这个问题：当我真正打算过一种生活时，其实我已经被这个生活放弃。爱是我的幻想，原来别人喜欢的是彬彬有礼。我在这之前所构思的后半生，只算是没有签合同的电视剧计划大纲，白写了。

26

走路和做梦，是我喜欢的事情。

我在冬天走路，在春天做梦。

春梦，孤单的时候，要做得多一些。

27

你欺骗我，一如女人欺骗上帝。

28

这个时候我真不知道该干什么。要有几个朋友聊聊，然后小喝几口就好了。可是我住那么远，又不认识隔壁的老人，我找谁喝？

30

我梦见一对情侣，他们在微博上互相吹捧和转载，肉麻地把对方比喻为鸟。嗨，他们是什么鸟？在梦里，我明显感觉到他们的翅膀遮住了我的眼睛。

31

古书曰：秋早，冬必冷。北京这些天已经凉快了，今年肯定冷得不敢想象。

有好多雪，在夜里降临并覆盖大地。

33

昨天下午六点半到乌鲁木齐，八点开始晚饭，九点酒过三巡，天边一抹晚霞。

35

一个女人，长得非常一般。但在机场摆渡车上，她搂着她的男人，身体微微蠕动，双脚拼命上踮，嘴唇亲吻男人的脸颊。我发现，女人一要，就自然散发出让男人闻着就醉的味道。

我承认，我闻到了她的味道。

40

睡梦中接一手机短报，一老太太在卫生部门前痛哭，为她一岁多而死于“毒奶粉”的孙女。大惊，不敢再入睡。呜呼，想起我居然是吃牛奶长大的，我谢谢了。

44

7 月一开始，我神秘地失踪了几天。我后来发现，其实一个人应该在适当的时候有意识地消失几天，这是你接近神和融入大家的最佳方式。

45

读张羞《瀑布》，知道一个道理：河马，它还是一种，在水下分娩的，哺乳动物。

46

而她，或者她，反正是她：天气非常热，痛苦的速度变得缓慢。我的诗歌晃过她的脊背，她正从西体北路过来。

47

我答应你，我今后少喝一点酒。

远　处

1

《远处》是我二十六年前写的一首诗，今年夏天，我在北京南南的家里读到它，感慨很多，决定重写。二十六年前，我喜欢这些词：远处，原地，后面。

如果说我以前向往远处，而现在我仅仅是在追忆似水年华。

2

二十六年前：我告诉女人小陈，我告诉她我是神仙。她说她相信。

而另一句话我一直没有说出口，它仅仅是在我的心里反复着：关于小陈，我早就心怀鬼胎。它包含了我的庸俗、色情和柔软的期盼。

3

夜半三更，辗转难眠，我鼓足勇气给小陈发短信：我想你。

一分钟不到，她回复曰：我相信。

8

有一些不喜欢人类的人，他们彼此是好朋友。

现在，他们偶然醒了，但马上又会睡着：几个没有穿衣服的女人

一个跟着一个，从他们身边走向远处。

9

好多浮云，飘在遥远的蓝天。

而穿一件僧袍的人，难道就是和尚？读过许多佛经的人，难道就是罗汉？呵呵，我这样说，自然也不是格言。我只是无聊，在成都武侯祠一带

恰好看见一个更无聊的人，穿着僧袍，坐在一把椅子上晒太阳。

11

我已经习惯了路边的吵闹声，但是在梦中依然愿意梦见那安静的早晨，吸收着雨后的味道，有点冷，异地的肉包子比本地的好吃。

12

人类生而平等是错误的，但人类追求平等是正确的：那些狗人，天生瓜批，我怎么与他言志？

我怎么可以和不认识的人一起吃盒饭？桌子太小，我巨大的肚皮没有地方放。

13

在远处，其实什么也没有。

我骑着自行车，穿过一片空地，来到另一片空地。

我和小陈，站在这一片空地和另一片空地之间。

而三妹回来了，三妹啊，她带着五妹去楼下吃鱼头。

15

接到她的电话。问我怎么这么晚了还在微博上鬼混。我说没有啊，我早睡了。她又问，那你睡着没有？我回答，当然睡着了。如果我没有睡着，咋个和你说话呢？

人鬼有别，阴阳分离：在古代梦是彼此的驿站，在今天微博是他们的联络点。

16

是的，不可能没有做梦，但的确没有记住：这就是我今天的开始？我不信，因为我觉得自己又想睡了，仿佛头发已经剃光，尼姑的样子比道姑好看。

17

昨天我就发现我家的冰箱结满了冰，简直像一座小小的冰山。现在睡不着，我就起床，拿一把小刀去把冰从冰箱里刮出来。谁知道，我刚刮了两三下，就看见一丝丝红色的液体渗了出来。我大惊，赶紧关了冰箱门，跑回床上睡觉。

这样的习惯已经很久，凡遇到不顺的事，我就睡觉。漫长的睡眠，它让我不知天高地厚。

18

这不能算噩梦，但却是一个奇怪的梦：在黑暗中我需要走三公里回家。而我刚走了几步，就碰见一支出殡的队伍，其中有一个人还认识我，把我叫到了队伍里去。这是一个长辈，平时差不多没有往来。但他告诉我，我的前女友谁死了。

写到这里，背后一层冷汗：我亲爱的人啊，我亲爱的人。

19

天已完全黑了，我坐在首都机场肯德基里，要了一对鸡翅和一杯冰豆浆。突然我万分怀念我泡在桌上的那杯茶，在南南家。

20

我的对面是一家味千拉面，稀里哗啦的女高音领唱下，一群丽人欢迎光临的声音嘹亮，让这个阴冷的候机室有了点人气。

我觉得有点疲倦，我想睡。小陈，你知道
那些日子我奔走在一个地方和另一个地方之间
我的妈妈在家里等我，并越来越等得久。

21

一个美女，比我还疲倦。她弯着腰、埋着头，就在旁边的椅子上睡着了——她好像梦见了帅哥，暴露在外的一大半个背性感迷离。

23

穿过一些低矮的院落，在阴暗的下午，她走了过来。世界唰唰往后退，柏油路，万福桥，我们正在学习恋爱……

这是我1980年的爱情，以及关于爱情的一首诗。

24

昨夜多喝，今晨早起：看了一些微博，想念几个朋友。然后，我再去睡并希望梦见某某、某某和某某某。在这样阴暗的时间里写作，仿佛就是做梦。

有一个人在她的微博上说：燕姐，我好想你哦。

她说了三遍。我突然觉得她非常惨，她的微博只有三个人关注。

25

9月10日，三十一岁的女儿钟如琴、五十九岁的母亲罗志凤、七十九岁高龄的大伯叶忠诚为保卫自己的家园不被强拆，与拆迁队伍抗争。他们燃烧的身体，烧得好大好大：这不是废话，这是我看见的现实场景。

2010年，我每天心急如焚。

26

有点睡意上的床，结果越躺越兴奋，特别是想到北京现在在下大雨就更不可能睡着了。我不是怕没有爱情，我是怕不敢有爱情。

27

答问：明天中午起床，写诗两小时；下午出门有事，晚上和朋友喝酒；偶尔通过手机上上微博，以表达对这个世界和某些人的关注。

29

而我因为睡不着，所以想起了许多人和事，并发现我在爱：世界有了意义，诗歌有了用处，人民币贬值，女人充满每个角落。

30

无梦的夜晚，危险。

33

我不爱山，也不爱水。他们说，我是一个不仁不智的家伙。

二十六年前，我喜欢远处，仅仅是因为我没有出过远门：我亲爱的女友，她当时五岁，独自站在村口，等着父母回家。有微雨。

41

我和姨妈
去给姨爹上坟
青青的坟前
插着三炷香
我姨妈说
不知道
他高兴啥子
香烟袅袅
飘得又高又快

成　语

一　点

01

从一点到一点
它的长度由
一条线决定的

02

女人的那种美
首先要露一点
才能被看见

03

我在彩虹路等 854
等了将近一个小时
才发现这班公车
已经过了收车时间
天很黑，还有风
我要走回去
简直不可能

04

一大早醒了
彭先春的短信
周亚平的新诗
窗外，一抹特别亮的阳光
真难得

05

傻，就是瓜
就是喜欢睡懒觉
而且还是素觉
有什么好睡的？
瓜啊，瓜啊
冬瓜苦瓜和西瓜

06

人类死于完美
我死于笨
比如到今天
才想要某某
天已黑
风也大

08

有人在说韩国话

比朝鲜话好听一些

09

我听见我的儿子在呼唤我
爸爸帮我，他的声音遥远而模糊
只是怎么可能呢

10

秋天
我梦见一头猪
没敢对别人说

11

我妈认识我爸
是在我爸的婚礼上
而我妈嫁给我爸
也是在我爸的婚礼上

13

这个时候我不说话非常舒服
我正专心地看着你露在外面的那一点
曾经比较远

14

三岁以前，我记得我的过去：
记得我从无到有、漫长曲折的好几个轮回

人生大道理，全部在里面

15

我喜欢 A，A 喜欢 B，B 喜欢小丽
这个该死的小丽
她蜷缩在我的怀里
久久不愿意离去

16

我活着的目的就是为了让那些不熟悉的人变成熟人，
在熟悉之后又突然陌生？

17

陈丽的妈妈
叫陈昌华
陈昌华她妈
叫李丽华
李丽华
我妈常说
早年和我爸
耍过朋友
而 1976 年
一个下午
我去陈丽家
找陈丽
正巧碰见

她在换衣服
看见我进去
赶紧用
蚊帐裹着
她已经
长大了的
某些部位

18

性生活不是夫妻生活
因为事业心总和
家庭的早餐不搭调
我曾经见过一个女人
她除了吃饭
什么都不会

20

我躺在沙发上
抱着贤茂的
《〈易经〉说了什么》
就睡着了
而坎卦显示
如果天再不亮
它就永远
不会再亮

21

永恒的死人
它总是不在

22

如果有一天
听见我哭泣
那是因为
我看见
世界的末日来了
当然，我并不是
哭末日
我是
哭来了
那来了
简直
不可改变

23

今天有人送花
这是谁的诗呢
我想起这诗
是在吃午饭时
现在已经快吃晚饭了
我还没有想起

这究竟是谁的诗

24

突然有点疲倦
去床上睡了一会
就不疲倦了

25

9 月 30 号
我和束晓静要去北京
这是 2015 年的事

26

昨天下午
窗外有人在唱歌
唱得比我好听

27

今天下午
窗外也有人在唱歌
但唱得没有我好

28

每天走一万步
还是有点多
每天走八九千步

也许就够了

29

小朵回来晚了
我有点不高兴

30

在路边看见一个女人
她没有穿内衣
她穿的是一条裙子

31

唯女人与猫咪难养也
一开始，它躲在衣柜里
我怎么都找不到
而现在却赖在床头
以为要厮守终身

32

君不见丽江的太阳比北京的大
我坐在太阳下，晒得不想站起来
其实那几天，我也没有站起过
我从早到晚就坐在太阳的阴影里
到没有一点阳光后

33

从前有一座山
山上有一座庙
庙里有一个小和尚
我看见他时
已经是五十年后
小和尚变成老和尚
我看见他
正一步一步从庙里出来
沿着山路往山下走

35

她一回家就把衣服脱了
她还小，才二十一岁
而诗写给别人看是一个传统
而衡量诗的现代性就是看它为谁写
我从后面把她抱紧
诗歌是语言的转基因

36

她不是物质的
她是起伏的
世界不是物质的
世界是数字的
语言也是性感的

小杨，你懂不

37

我又在彩虹路等 854

等了没几分钟

这班公车就开了过来

我上车后

看见她也在车上

38

从左家庄到望京

从望京到金盏

我认识五个女人

其中一个

住在草场地

39

0100，2014 - 11 - 21，03：09：11

为什么要走?

我在《高处》中发现的秘密

一想到死，我就无话可说

那也是她的秘密和诗歌的终极追求

40

小杨，我好想你

41

我很想对某某说
你是我最好的朋友
可是，他今天没有出来和我喝酒

42

梦见我妈
她问我，晚上回不回
来吃晚饭
我泪如雨下

44

朋友说
他妈十八岁
就生了他姐
他姐十八岁
生了他外甥女
他外甥女
今年十八
马上要生小孩
他说，如果外甥女
生一个男孩
就好了
不过，他又说
他妈和他姐

以及他外甥女
都非常漂亮

45

怀念大米
当然更怀念面条
特别是
我自己为自己
煮的一碗
葱花麻油面
我曾经每天
要吃一碗

46

半夜，我起床
上厕所
看见客厅的
灯还亮着
就随手
将它关了
谁知道
灯刚一关
就听见我妈
说：你关灯
干啥子？

47

唐诗是没有口气的写作
所有语言的内部精神
都被音律化：这谁说的？

48　无与伦比 1

我一直在爱一个人
大家都不知道
那个人也不知道
甚至还不认识我
我按着她的美
找了好多女朋友
总之，她的无与伦比
是我的终身梦想
而我可以马上做的
是对像她的地方
加倍地爱，爱和更爱

49　无与伦比 2

三十年前
一个少年离开
他深爱的女人
去了远方
三十年来
这女人一直

在等这少年
日复一日
年复一年
她虽头发花白
婀娜的身姿
也没了曲线
但她依然在等啊
直到三十年后
的某一天
她看见一缕
阳光从天而降
照得她眼前
什么也看不见
才转身
躲了起来
而我们
从此就没有
再看见过她

50

年关将至，外婆做了
许多腊猪头、火腿和香肠……
它们挂满整面墙壁
仿佛在冬日的阳光下
成了一条条奔跑的猪和羊

51

我站在 33 楼往下看
我看见的不是一朵朵白云
而是一个个飘动的脑袋
它们都很忧伤很忧伤的样子
所以我才觉得我应该高兴

52

在梦中写了一首
关于爱情的诗
它又甜蜜又忧伤
一个一个女友
去了又重新回来
她们非常高兴
我也非常高兴
曾经分手的不快
全被抛在梦外
特别是那个谁呀
甩我时态度坚决
让我以为世界
就应该立马停止
还有我最爱的
某某、某和某某某
她们仿佛神仙
就像我们初识的样子

直到突然天亮了
我万般不愿地从梦中醒来
又一次真正的悲哀
哗啦啦不知哪里来

53 月亮

你们家的月亮在你们家的阳台上
我们家的月亮，自然在我们家的阳台上
它们是一个月亮，但它们隔街相望
已经过了三十七八年，它们从不往来

54

我昨天夜里看见永恒的妈妈永远不死
今天早晨我就把她的女儿彻底丢了
我真糊涂，真混蛋，真应该被你抛弃
我是一个讨厌的人，所以大家都不喜欢我

55

感受永远是人的触觉
从人的角度看世界
是人走入迷途的主要原因
但是，人只能这样

57

我在楼下的 24 小时超市门口
看见一个剪短头发的小姑娘在哭

我犹豫了，就没有进 24 小时超市

59

王贵来了，我们一起回忆一个成语

那是我的石头，打着你的鸟儿

60

在梦里，她告诉我她叫王慧，是王贵的妹妹

当时外面在下雨，小雨

它让我回到了事情的某一点上

61

2013-5-29，13：09

今天去上海，回忆

一次遇到鬼的事

62

早晨阳光灿烂，中午开始飘雨，还会再下吗？

我本来想去三牌楼，当然，最后没有去

63

一生酒二生酒醉

三生酒醉后什么都不怕

时间变得真快，只是世界没动

65

可以睡觉了
她的梦应该已完
我看看呢

66

我为什么一定是一个人呢
想起遥远的小时候
我一直就羡慕猪八戒
他可以是一阵停在路口的风

68

悠悠万事，唯此为大
要克己复礼：一日克己复礼
天下归我们焉

69

有的人让我给她买胡萝卜
我买了，她又不吃
这就是我所说的有的人

成语（选章）

一

1

我曾经问束晓静，我说，有两个成语，一个是一石二鸟，还有一个是抱残守缺，你说我用哪个做我下面一首长诗的名字？当时，束晓静没有回答，后来我发现这是她的习惯。直到第二天，她仿佛自语，曰：还是一石二鸟吧，至少要好看一些。

所以，一石二鸟真是束晓静的愿望吗？我要问她。公元2015年6月6日夜八点十五分，我看得很清楚，我们从归云堂巷出来，穿过金城家园，送她回她的父母家。

那是一段重新翻修的古城墙，一边树木葱郁，一边是隐约、闪烁的城市夜景。

其实在我的内心，我更倾向抱残守缺。

不过当我这样说的时候，我们，我和束晓静，沉默了。

沿着这个城墙一直往前走，就是定淮门。从定淮门下城墙，再沿着秦淮河岸往草场门走，它们之间，就是那座电视塔的下面，有一个宵夜的广场：那里的龙虾和黑啤酒都很好。

是的，我们应该盼望天气晴起来，甚至再热一点。

有一天，就是今年三月，我带着爱情刚来南京，在当天的饭局上，韩东看着束晓静忧心忡忡地说：咋办呢？他的意思是说，束晓静那么爱动，而我又那么不爱动，两个人在一起之后，究竟谁改变谁？

我的确一不喜欢旅行，二不喜欢跑步。我为我的懒惰忧心忡忡。

你知道吗？束晓静问我，问得像真的一样。还有一个成语叫成双成对？在秦淮河边，非常安静的秦淮河，几乎听不见划动木船的木桨声。

关键是，现在哪儿有木船嘛。

是的。我知道有一个成语叫离心离德。但是，我没有说。请原谅我没有说。

2

后来我们路过一片小树林，束晓静很兴奋，她说那树上开的花叫合欢花。

我必须承认，我当时压根就没有看见树，更没有看见花，我的眼前就是黑。不仅如此，我的心还想着刚刚离开的啤酒广场，或者龙虾广场。下周蓝石要来南京，我一定要带他来喝夜啤酒。喊上曹寇、李黎一起。我发现，在南京更找不到女酒友。

我和束晓静已经走过许多次这样的路，就是有许多花花草草的路。她很喜欢花草，也知道很多花草。我曾经假装问她，你是不是花草仙子？

你真幽默。她不买我的账，反问：那我是花仙子还是草仙子？

这其实并不是一道难题。根据我的理解，束晓静啊，所谓合欢花，它应该包含以下三个意思：一是这个花形如合欢，是亲吻还是拥抱？二是开花之声近似合欢之声，非常动人心扉。三是见花者如情迷，马上有合欢之意、甚至之举。

这次，束晓静依然没有立马回答。不立马回答，好像已经是我们谈话的常态。只是这次，她并没有让我等多久，而是刚过了一分钟。我觉得我很幸运。

她把我拉到路边的一把条椅上坐下，一团阴影笼罩着我们的身体。她的头放在我的大腿上，她的大腿横放在条椅上。

一条雪白的大狗从前面跑着过来，它在我们身边停留了一下，又继续往前跑了。

3

一石二鸟是束晓静的愿望。

抱残守缺，我最近总是这样想。

当我们各自说出这两个成语之后，我们沉默了。或者这样说，当我们各自说出这样两个成语时，我沉默了。而她只是惊讶，甚至是装出来的惊讶。我觉得，她其实还小，还不太知道这个世界究竟要什么，或者要干什么。

我想走。她说。那我陪你。我说。成双成对合欢花，是的。

离心离德秦淮河。

她站在河边对我说，我们过去吧。我问，过哪去？她说，我们现在这边是河东，那对面就是河西。我们过去，就是从河东到河西。

那我当然跟着你过去：永远，永远，现在，现在。

4

一石二鸟。我们去吃龙虾吧：我觉得蒜蓉的比十三香的好吃，当然还是冰镇龙虾最好吃。那种凉气和薄荷味，可惜南京没有冰镇龙虾卖。

抱残守缺。我其实很想喝一杯啤酒，特别是黑啤酒。黑啤酒我想，你其实真的可以喝一点。其实你只要不多喝，总是喝，那什么都可以喝一点的。嗯。

成双成对合欢花。

离心离德秦淮河。

二

1

睡不着，起来写几句。

一整个晚上，我们从一条鲫鱼开始。它一会儿往东游，一会儿往西荡：东游西荡，这是一个成语吧？谁说是，谁自己就是。

但我并没有说不啊。我只是觉得，一个成语，应该是四个好听的字和词。比如，关于东与西的组合，我就看见许多楚楚动人的小感动。东施效颦，好吧？西施豆腐，也好吧？什么豆腐？西施呀，你别急。即使我们把它们重新调整一下，西颦东效，不是也好吗？

我很晕。今天的鲫鱼没有昨天的好吃。

假如，我问束晓静：我说假如的话，假如我们在十五年前相遇，我们，就是我和你，会不会一直相爱到现在？

我不明白，为什么一定是十五年前？

2

也许有大事情要发生，或者，也许哪里出了问题？

一整个晚上，我焦躁不安：每隔两分钟，当我们谈到一事、一物、一朋友，我兴奋、愤怒、手舞足蹈、垂头丧气，一个跟着一个，都来了。我说束晓静，你觉得吗？今天，它那么焦躁不安，它会有什么事情要发生？

我不知道。束晓静说。我只知道一个成语，它和你非常像。

在定淮门到华严岗的城墙上，一只黄鼠狼把我吓了一大跳。

这不重要，重要的是我想不起是哪个成语，它怎么长得那么像我？

3

你不能怪罪我莫名其妙的想法。我不想。我唯一想的，在今天，归云堂 12 号，两个没有关系的身体怎样建立起关系。特别是天色已晚，再晚，再再晚。

从北京到南京，要用四个小时左右的时间：高铁快一点，动车慢一点，绿皮车当时要开一晚上。从一朵花到另一朵花，我们也用了将近四个小时的时间，但我们依然没有抵达它们：它们对于我们，近在咫尺却又远在天边。

只是，为什么是四？或者四个小时？

四个小时，不是上帝规定的时间，不长，有时也不短。它放在一辆高铁上，也还可以四平八稳。如果把它放在一架波音或者空客上面，那就是四海之内皆一朵花。当然，我主要是说，如果把它放在床上呢？四个小时啊，它作为梦放在床上，肯定让睡眠波澜壮阔。如果仅仅是作为冲动、幻想、期待、渴望和一声尖叫，那不就是辗转难眠吗？俗称瓜娃子想婆娘，睡不着。

我睡不着，那是你的罪过。

不过关于四，東晓静喝了一口红酒，轻轻地说，我最能够想到的自然是四面楚歌。

不是项羽，而是张国荣。也就是一朵花和另一朵花的距离。不对吧？那应该，应该是什么呢？应该是一朵花，甚至两朵花，是它们和我们的距离。

亲爱的，我白天没有睡觉，我白天只是在做梦，我梦见：

一头猪四脚朝天，没有敢对你说。

三

1

老子说：一生二，二生三，三生万物。

这个，老子显然说错了。

因为二不是一生的。即使一不生二，也依然有二。即使一不生二，二也不生三，三也不生万物，万物依然。因为伟大的一，我开始比喻一下：

它不是二的哥，更不是三的爷爷。

它就是一个万能的数字，与它一起被生的是二、三、四……直到无边无际。

Peter，我不知道我说对没有？

2

准确地说，应该是一而二，二而三，三而万物。

时间是由此及彼的，所以它看上去有先后。语言也是由此及彼的言说，所以，它看上去也有先后。从北京到南京，既是语言事件，又是现实事件，由此及彼，所以它，我的上帝，它可以抵达：以前要一个月、一周、一天，现在只要四个小时、一个小时，直到一秒。

而我们和花朵不是。即使我们用了四个小时，我们也无法抵达一朵花。

我们和花的关系不是由此及彼的顺序关系。人鬼殊途，阴阳各异。亲爱的花仙子，我是一棵树，一棵不开花、更不开口说话的树。

好像是在紫金山，或者是在石头城，总之阴雨的南京，秦淮两岸，那里有许多树，包括法国梧桐、银杏，但我都不认识。天黑了，你拉着我的手，我们要回家。

但我是一棵厄尔盖德树，寄居在归云堂巷12号，我没有家回。

3

1986年春节刚过，半夜十二点，我从暖和的被窝里爬了起来。我打开台灯，让一束（呵呵，束）灯光射在我床前的圆桌上。床上，新婚的小安已经沉睡。

圆桌上放着许多稿笺本，它们有的是我的手稿，有的只是空白的稿笺，仿佛正等着我把它们写满字。

我是三个月前认识小安的，三个月后我们已经领了结婚证。对于我，这是一个意外。而对于她，那是“出埃及记”：从重庆高滩岩的军营，来到成都新二村一个青年诗人如梦似幻的身边。嘈杂的街景，车水马龙，她觉得世界突然复杂了。真是从未有过的冷静，从未有过的空荡，以及悠闲。

这就是 A 或是 B。我坐在床边，坐在圆桌前，在一束橘黄的灯光下，我听见了，哦，那万能的神的声音：为了这一声，我等了上万年。

我发现，我已经很久没有朗读《高处》了。

我还发现，这也是我第一次谈论《高处》写作的背景。

4

我是一个希伯来人，我是从河边上过来的人。我从小生活在对岸，在河边，在河边上的树苗林里谈恋爱。我过河而去，即使有人大声地喊我，我也听不见。关于这个细节，我们可以一起参看我的诗作《大声》（1993 年，成都黉门街 7 楼）。

也就是说，我也许是一个错误。

至少，万能的神啊，我可能是一只叛逆的羔羊。

众人皆讨厌的，我坚决喜欢；

众人皆喜欢的，我坚决讨厌。

我是说，在一场现实的事件中，我成功地扮演了作为所指的受害者和作为能指的嫌疑犯这双重角色：戴着帽子，绕开雨点，来到南京水西门。我也许是来找一只鸭子的，我也许还要找，其实，主要是想找，一个女人。

一群女人中的一个，而不是一个女人中的一群。

比如：生与死，它们如此对立，却与S混为一体。

四

1

我的电脑中了病毒，现在用的是束晓静的旧电脑：一切还不是很熟悉，我需要一些时间来适应。就像我今天的写作，关于成语，我真该一点一点回忆。

怎样在逆境里保持冷静，对于我，已经成了首要问题。

比如八拜之交，我其实并不想知道得太多。是去年吧，对的，就是去年。已近二月，北京突然大雪。我路过景山，闻阵阵梅香传来。真香。隐约中感觉，飘飘白衣，似有似无。那你说，究竟是有还是无？当时夜深，月亮比灯大。

但是，我并没有看清楚，就像我闻到梅香，却没有看见梅花。

作为一个诗人，我一直不习惯用鼻子去辨别气味。作为一个诗人，我承认，我喜欢一些非常美丽的传说。所以，后来，梅花的香味与寒冷自然相连。

也就是从那天开始，亲爱的，我把鸡黍之约改为一个优雅的梅至。

2

那是在很久之前。传说中的人们还没有汽车，当然更没有飞机、高铁，也没有电话、微信，人们只有思念，以及无边的思念和剪不断理还乱的离愁。

对于两个相爱的人，这是一个被考验的时代。

我说的就是张生和小红，我喜欢把忧伤的故事说成爱情的故事。

一开始，张生和小红住在一座山下的两个村庄里：一个南村，一个北村。后来，这里沧海桑田，整个一匹大山南北分离，让两个相依相恋的情侣瞬间天各一方。张生记得，他和小红最后分开之时，小红对他说：我等你，一辈子。

那是一个大雪纷飞的夜晚，阵阵梅香传来，月光照得小红像仙女。

其实思恋一直折磨着张生，也折磨着中国的传统文学。从他们分别的第一天开始，张生就疯狂地往他记忆中的小红的北村奔跑。无奈山变得又高又大，不管他怎么跑，都找不到小红北村的影子。眼见雪落了一地又一地，梅花的香味却迟迟没有闻到。

后来是这样的：

A. 张生一直在大山里奔跑，完全跑成了一个野人。而在山的那边，北村，苦苦等了张生十年的小红，终于绝望地嫁给了同村一个丧偶的男人。他们生了五个孩子，其中有三个男孩，两个女孩。每个男孩长大后，都因为上山打柴而再也没有回来。

B. 多年之后，年纪轻轻的张生，已经在大山里跑成白发苍苍的老人。有一天，他终于找到了北村。那也是一个大雪纷飞的夜晚，不过天上没有月亮，空气里也没有梅香。在他和小红分手的地方，他看见一个老太婆孤独地站在雪地里，冻得瑟瑟发抖。

C. 当然，真实的故事不是这样的。张生在大山里瞎跑了很久以后，遇见一个老人。老人告诉他，你要找到你的小红，必须用你的灵魂。张生苦苦思索老人的话，终于明白其中的道理。在一个大雪纷飞的夜晚，他手起刀落，杀死了自己。而他的鬼魂，从雪地上慢慢升腾起来，沿着一阵阵梅香，飘至已经等候在雪地中的小红的面前。

3

这肯定是一个虚构的故事。

你说对了。其实所有的故事，都应该是虚构的故事。只是在我们伟大的历史里，我们愿意把虚构的故事与真实的传说混为一谈。你能不能少抽一点烟？有一天，你突然说：我们要个孩子。你说的是我们，所以

我觉得，那是一种诱惑，整个下半身都要爆炸了。

啥子，你问我，脸很烫，声音微弱。啥子是，整个，下半身呢？

当时，我的脸紧贴着你的脸，即使在大冬天里，你的脸还是那么烫。所谓整个下半身，就是指大雪纷飞中偶尔闻到的梅花的香味。

其实我不喜欢成语，它们面对爱情，汗不敢出。

4

因为住在 7 楼，所以我一般很少出门。即使这样，在我住的两三个月里，我还是每天至少出去一次。有时候是两次，有时候是三次。

如果我每天出去四次以上，亲爱的，我们是不是就可以结婚了？

推窗远望，秦淮河就在我的眼皮下面。如果天气很好的话，还看得见河水。只是这些日子，南京多雨少晴，这为我的写作找到了借口。在那遥远的 1981 年，啊 1981 年，我记得成都天天下大雨：在一场大雨中，女友终于发出了一声悠长的尖叫。从风雨中。

不过雨水太大了，分不清哪些是汗水，哪些是雨水。我们，假装在一张雨衣的里面，浑身早已湿透。比如我的自行车倒在我们旁边，它就在大雨中。

一开始，我的故事都是这样讲的，我和我的女友在电影院看电影。我们进电影院时，外面就在下雨，只是下得没有后来大。后来，电影放完了，我们来到电影院门口，发现雨下得比刚才更大。咋办呢？她问我。我说，等一会儿吧。

我们真的等了一会儿。其他看电影的人，打着伞，或者披着雨衣都走了，只有我和她还站在电影院门口避雨。我的手上有一件雨衣，我的自行车在雨棚里。当时天黑，街上昏暗的灯光里其实什么也看不见。但下雨的声音非常响。

这雨好像暂时停不了。她靠近我，说。

那咋办？这次是我问她。我们走吧。她说。

那天晚上，我们从电影院出来，我就觉得她有点不对。甚至在电影院里面，我都感觉到她有点不对。啥子不对？没有啥子不对，就是我的感觉。

到了雨中，雨大得咪我根本骑不了自行车。不仅如此，我们的雨披完全无法为我们遮挡这样的大雨。很快，我们从自行车上摔下来，并且浑身被淋透。

锤子。我忍不住骂了一句，而她却突然抱着我。

说句实话，我没有听过俞伯牙弹琴，但我相信那个时候不会有好听的音乐。

与高星、老巢去郑州，见郎毛。这不是一个成语，这是我的日记。東晓静说：不太敢睡，怕一觉醒来，暴雨如注。为什么？真的为什么？

五

1

现在好了，一切我都忘了。

从郑州回来后，我与東晓静去了成都、西昌。在去西昌的路上，穿过架在云层上的高速路，我突然发现，我已经有十四年没有去过那里了：这个 1980 年代我年年去、1990 年代我经常去的地方。彝族人吉木狼格说：这里离天比较近，月亮看上去显得特别地大和圆。像荡妇。他补充。

几年前，我为这个荡妇写了一部小说，有时候它的名字叫“掸花子”，有时候它的名字又叫“特务”。在里面，我专门写到这样一个细节：从下西街出来，坐一辆三轮车走四公里半，就已经到了邛海。

这部小说现在还放在电脑里，我准备明后年（或许更晚）再拿出来。

4

很好。至少我觉得它很好，这个真实的故事。

什么故事？就是同床同梦的故事。什么是同床同梦？好迷！这个你都不知道啊？他真迷。这个就是说，两个人睡在一张床上，而且做同一个梦：她梦见他回家了，他梦见他一回家就看见她。你回来了？她问他。是的。他说着，把公文包交给她。饭好了没有？他问她。他也许太饿了。今天。而她也刚好梦见他这样问自己：饭好了没有？马上就好了。她说。这真是一个愉快的黄昏。

而同床异梦是多么的恐怖！他梦见自己回家的时候，她正梦见自己去网友家喝下午茶。你今天咋啦？她仿佛迷糊，而他压根就没有看见她。他的眼睛非常专注，正死死地盯着隔壁的刘云云。这个已经快五十的女人，还穿得那么少：胸前的扣子有两个没有扣上，让一大半略显肥硕的乳房暴露在外面。当然，这也就算了嘛。最主要的是，这个马上就五十岁的女人，她的腿依然那么长、那么白，还那么光滑。

但是他并没有梦见刘云云。他甚至不知道自己有这样一个风骚的邻居。关于那一大半略显肥硕的乳房，特别是那双完全晃动在阳光下的大长腿，关于这大长腿的修长、洁白和光滑，他甚至都没有听她说起过。

那是她的梦，那不是他的梦：虽然他们睡在一张床上。

所以我们要感谢同床异梦，要坚持这样的错误。如果睡在一起的人必须做同样的梦，如果这样，婚姻就不是七年之痒，婚姻真就是噩梦。

比如有一天早晨，她问他：你为什么去刘云云家?

他被她一问，立马迷糊透顶：刘云云，谁呀?

你别再装疯卖傻。她突然暴怒。这么多年了，我知道，你一直偷偷地喜欢刘云云那略显肥硕的乳房，特别喜欢刘云云那双白嫩、光滑的大长腿。可是，你也不应该把她带到我们的梦里来。多纯洁的梦！

你说啥子？他也气了。我压根就不认识刘云云，还梦？你不认识?！她大吼。刚才，就在天快亮的那一瞬间，你以为我还在睡，偷偷爬起来，衣服都没有穿就往刘云云那边跑：那个女人的门虚掩着，就像她胸前的两个扣子没有扣上。

而且，她哭了，哭得很伤心。这样的事已经不是一次了，我几乎隔三岔五就会梦见你扔下我跑过去。

但我没有梦见啊。他一下很温柔，搂着她。你想想呢?

六

1

从语言学的角度讲，戒烟和抽烟是父子关系：如果没有抽烟这个词，没有这个作为父体意义的词，就不会有戒烟这个如影相随的词。

所以，从这个角度讲，戒烟是一次弑父行为。

同样，从抽烟与戒烟的父子角度讲，我们会发现，其实抽烟和人类的性行为紧密地联系在一起。

公元1986年，那是我的第二个本命年，我写了两篇非常重要的小文章：一篇叫《激情止步》，一篇叫《比喻止步》。前者我寄给当时编辑《深圳青年报》的徐敬亚，并刊发在这张报纸上；后者我寄给当时编辑《诗歌报》的姜诗元，他却说他没有收到。这不重要，重要的是这两个观点，一直影响我到现在。它们真的让我明白：抽烟不是比喻，戒烟却充满激情。

写到这里，我点上一根“中南海”，边抽边想念束晓静。我要告诉她，霸道比王道更恐怖，特别是那种“为了人类好”的霸道。

我想到一个成语，但我不说。

2

其实今年不仅仅是南京多雨，北京也多雨。我上周回来后，已经遇上北京两次下雨了。我对天说：天，我不喜欢下雨。

但我永远不可能改变下雨的事实。

就像我也不喜欢戒烟，但戒烟已经在这个世界成为事实。就像我更不喜欢被强行戒烟，但我正被强行着。这个霸道的“被”呀，它总是用它的好限制我仅有的一点点坏。

如果说抽烟一点好处都没有，那是正确的。如果说抽烟对身体一点好处都没有，那更是完全正确。只是这个伟大的正确，它不是我戒烟的理由。特别是对于一个外星球“脱靶”的幽灵，我最大的幸福就是看见，那些蓝色的烟雾，从我的嘴里缓缓地飘进，又从我的鼻孔悄悄地消失。

3

直到今天凌晨，我才知道我们（我和小朵）的家在遥远的452B。那里有山川、河流和一轮明月照在窗前：风起于窗帘微微飘动，爱人相拥而眠。

我很兴奋，赶紧给小朵发微信，告诉她，我找到了我们的家：它就是在遥远的另一个地球上，在离我们一千四百光年的地方。小朵说，她其实还在梦中。你发啥子神经？她说，你的家在归云堂。蓦然回首，这个凌晨多好。

那么，谁是小朵？

就是束晓静。

其实，我也是上周才知道束晓静又叫小朵，至少她那几个闺蜜们是这样叫她的。小朵。她们左一个小朵，右一个小朵。比如喜欢喝点啤酒的雅倩，她喝了点酒，不停地说：小朵真的很好，小朵就是爱做梦。我先是一惊，然后装作早就知道的那个样子。而回家后，我忍不住问束晓静：为什么，小朵？她略微沉默，仿佛想得很远很远。过了差不多二三十秒，她才抬起头，慢慢给我讲了一个平平淡淡的故事。

因为它是很普通的一个故事。

开始，它就很普通，到后面它还是很普通。但我认为，所有好的故事，它都应该是普通地开始，然后又普通地结束：稀奇古怪的故事仅仅是传说，我喜欢听、也喜欢讲来骗人，但我不信。或者，我从来就没有过信。

已年逾三十的单身女贵族束晓静，遇见了一个彬彬有礼的商人，那是她工作中众多客户里的一个。有一次，故事就这样开始了：在一个近似工作的社交场所，束晓静碰见了这个客户。当时，束晓静说，她感觉得到对方看见她时很兴奋，伸出手大步流星地向她冲过来。只是当他的手紧紧握着她的手时，这个客户突然语塞。然后，他非常认真地对束晓静说：朵小姐，见到你很高兴。

束晓静和她的朋友瞬间跪了。沉默，像飞檐走壁。

其实这是一个聪明的客户，他仅仅是想不起在这个世界上还有人姓束，结束的束。他所有的感觉里，这个漂亮的女人和一朵花有关，她的姓氏也和一朵花有关。所以，当他激动、语塞的瞬间，他想起了朵，一朵两朵的朵——

朵小姐，见到你很高兴。

束晓静的朋友们大声喊了起来，特别是雅倩。她仿佛醉意已起，快乐的声音塞满了整个世界。

当然，我也在笑。这个彬彬有礼的客户，他因为一朵花儿带来了笑，而笑完后却不知所措地站在旁边。只是安静的束晓静，当大家笑过之后，她就成了朋友们喜欢的小朵。真的挺好的，多年后她轻轻地说。华酌既陈，有琼浆些。

我也觉得好，并且非常愿意喊束晓静小朵。

4

名正言顺。我们找到了自己的语言，有了光，有了水。

清晨，我听见有人在喊我。喊得很清楚，就像真的一样。而且，在她喊我的声音里，还夹杂着汽车奔跑的轰鸣，喇叭声，以及紧急刹车时的尖叫。我可以肯定，这不是在做梦。大学之道，在于明德。明明德。

我必须从床上爬起来了。小朵说，爱睡懒觉的人脾气不好，但他们心地善良。当然，我并不是特别喜欢睡懒觉，我只是喜欢睡觉。当时，睡在床上，我其实并没有睡着，我只是在想一个人。她也许是我很早以前的朋友（我要告诉她，我在恋爱），她也许只是昨天下午我在路上偶然看见的一双修长、饱满、暴露太多的大腿。在夏天雨后的黄昏，夕阳和大腿一个比一个闪亮，我沿着这些闪亮回到一个失眠者渴望已久的梦中：那真是一个好长好长的梦啊。波斯诗人说，究竟我们谁喝醉了，为什么酒杯散落一地？

而多年以后，其实我已经死了，一群当时的天才，他们是算力时代的精英、游戏圣手、后空间黑客、时间驾驶员和美人（她长得非常像小朵）。在一次朗读会上，他们激烈地说起我和我那首著名的《非非1号》：真是不可想象，就几个简单的汉字，居然能够准确地写出时间的音准。比如，一点一点，一滴一滴，一束一束（阳光），与所有的1和A、B和3、C和C合拍（也月光），像一群鸟儿和某个尼姑的前世今生。当时，他们喝着一些蓝色的液体，很美。

那么，可爱的美人突然问，我们还等啥子？

算力时代的爱情，从古希腊到南京归云堂，从 452B 到公元 2138 年，它们有一千四百光年：而我就在你的窗外，只要你把你的左手食指伸出来，我们就马上在一起：比九十九岁小些，比十八岁要大一点。

那真是一个好建议，他们放下手中正在吃的苹果（仿佛一台手机），互相对视良久，齐声喊：上帝，你出来吧，出来。

复活这个诗人，还有他成都古蜀诗歌的声音。

当然，我听见的时候是在某一天清晨，我在睡觉。而小朵躺在我的旁边，她没有睡，她在做梦。这是一个漫长的梦。

爱情的琼浆玉液，而戈说，比酒好喝。

远飞（选章）

0007

水往低处流
如果不是比喻
那人不需要
往高处走
特别是我自己
我就讨厌海拔
二千米以上
我是一个喜欢
懒惰的人
有阳光，有朋友
有稳定守恒的
一花，一花生米
那就太好了
所以，我也不喜欢
大海和海边
我内心超敏感
把那些瞬息万变
以及一望无边
留给麻木的诗吧

即使真的
水往低处流
我相信
那也是纯净水
而今晨听说某某
在试爆氢弹
我的眼泪忍不住
由心底
夺眶而出

0013

A 是女儿
B 是女友
她们在
十字路口
遇见
A 说哈罗
B 一笑
也说哈罗
而我在远处
有点风
我在思考

0033

1 月 31 日，上海很冷
一名女子在一辆

公交车上
一边哭，一边
脱下自己的上衣
有人拍下了
她裸露的上身
这让我看见她的背
和她的长发，一位上海阿姨
上去为她披好衣服
并轻轻地拍着她的肩膀
那是1月31日下午
很冷，还有风
而今天已经是2月2日
我不知道她的伤心
是不是有了一个结果

0052

我看见一款布料
在一个女人的身上
我看见布料的颜色
如果做一件睡衣
应该适合睡眠的要求
在外面看不见里面
在里面留得住
总想溜走的睡意
当我把这个想法
告诉下班回家的小朵

她听了一句
就否定了我的全部
因为她认为
我其实没有看见布料
我看见的是布料里面
被包得紧紧的身体

0065

我去小卖部买花生米
老板娘告诉我没有
我觉得太奇怪了
一家那么大的小卖部
怎么没有花生米卖
没有就是没有。老板娘
她态度特别不好
我们好像早就有仇
而小朵，重新喜欢上
吃花生米是我
2015 的一个改变

0077

我看见我的前生
爱上了一个拖拉机手
她是明朝的尼姑
不懂爱情和男女关系
在阳世只活了十八年

而我的另一个前生
古越国勇敢的刺客
距今已经有两千多年
他在喝酒，边喝边叹息
对于我的软弱
他有说不完的埋怨
在他的旁边，我的后世
仿佛一场小雨
淅淅沥沥，落打在
安静的芭蕉林里
这个千年后的转基因
对我飞翔的路线
也没有表示肯定
作为一个诗人，我错了
那耽误的差不多
有一万年零三天

0092

喝了一点酒
突然觉得很孤独
但是，杨又黎
却不这样认为
他认为，最孤独的
应该是他奶奶
我的妈
她不知道她爸是谁

她甚至也不知道
她是哪个地方的人
在她的记忆里
她常说
她九岁就工作了
（在一家烟厂剥烟头）
她的记忆
仿佛从九岁才开始
你说嘛，杨又黎问
你活了几十年
除了我们
你见过她的其他亲戚吗
如今她脑痴了
我们更问不出她
迷离的前世今生
我想想，对杨又黎说
其实我外婆
也就是你奶奶的妈
也是一个人
不过她死的时候
依然非常安详
孤独，也许是遗传
我不怕它
但却看见它正在降临

0096

其实
我就想爱一个女人
并不是这个女人
特别可爱
而是我就只想爱这个女人
如果我重新生活
从一开始到五十四岁之后
我就想
我非常愿意
做一个从一而终的男人
我和她生三个孩子
两男一女
当然女儿必须是老大
我还得再说一句
不是她有多么可爱
而是我爱她一个，唯一一个
她就是这个世界上
最最最最最可爱的人

0109

有一天，我梦见我的假牙掉了一颗
开始有点痛，像我曾经掉真牙一样
后来逐渐松了，再后来就掉了下来
我拿着它，在阳光下看了很久

看得我很迷惑：都已经是假牙了
它怎么还会掉呢？虽然是掉在梦中
但我认为它肯定不只是梦中的事
比如昨天，我看见一辆坦克
又比如今天，我还是看见一辆坦克
虽然我看见的仅仅是两辆坦克
但我说的却是，我的假牙开始掉了
我的真牙还会远吗？当两辆坦克开过
牙齿的故事，它也许是屁股那么大的事
包含了人类最为害怕的真或者假

0120

在上海见到华总、乌总和孙智正老师
一只老虎见到另一只小一轮的老虎
以及一匹马（乌）和一只孙猴子
我已经很久没有说话了，请原谅我
更不要说，说一句完整的否定句
这让我在桌子上，对开边虾没有兴趣
对神户牛肉也没有兴趣
甚至对我最喜欢的三文鱼大脂
还是没有兴趣。那你究竟想吃什么？
徐雨濛问我，她是饭桌上的主人
她有责任让每一个客人吃高兴
只是当她问我时
我一个滔滔不绝的语言哲学家
却突然说不出话来，过了一会儿

其实我想了很久，才对她说
桌子上没有一颗土豆
当然，我并不是想吃一颗土豆
我是告诉她，这是她老公喜欢的真理
犹如有人喜欢的有一天
有人喜欢的句群，我喜欢的掸花子
是语言说出了晚餐、月光和耶和华
而我不说话已久
仿佛都说不清楚
晚餐、月光和耶和华

0128

一个女孩
告诉我
她最爱她妈
这让我
大吃一惊
作为一个父亲
我不好意思
悄悄问
关于这事
你爸知道吗
当时
就在咖啡店
外面下起了雨
一个女孩

小女孩
听我一问
突然忧郁

偷听

不要了
下午，我听见一个人轻轻地说
在我的后面
不要什么?
这是另一个人的声音
比先前那个人说得重点
急点
什么都不要
而那个人
还是很轻和很慢
说完后
突然沉默
有四、五、六、七秒
我竖起耳朵
下午
其实雨早就停了

两个

两个坏人
一男一女
都贪得无厌

还喜欢撒谎
骗人钱财
一个还曾经
冒充大款
骗了另一个
另一个经常装
有文化的人
有身份的人
招摇过市
这样的生活
他们过了五十年
五十年后
他们还在一起
真挚的爱情
感动了好多男女

0157

自由在哪呢？
为啥子看不见
特别是下午
我在我的手机上
找了好半天
虽然热，更加热
自由的影子
还是没有找到
那就算了

我不是一个
很固执的人

耳朵

我听见的声音都在耳朵外面
我看见的声音，它们摇动和静止
也都在我看见的地方
当我转过头，那些声音居然纷纷消失
所以，我其实活在
一个没有声音的世界里
我的耳朵看上去很美、很大
据说还很有福气
但是它却没有听到过一声里面的声音
那是声音的不幸，我承认

0194

从归云堂出来
碰见两个人
仿佛是一对情侣
一边走一边
又说又笑
又侧脸亲一下
一个半老徐娘
与他们迎面而过
过了好几步了
还回头看着他们

而这一切，刚好被我看见
这让她突然羞怯
也让阴暗的归云堂
好像亮了点

0196

我想吃一条转基因的鱼
它比一般的鱼大好多
每次，我只吃它
整个身体的很小部分
它鲜嫩得像豆腐
其实它本身就是一块豆腐
作为正能量（我承认是病句）
当它游荡在水中
我吃它（比喻）
犹如亲吻女人的肌肤

外一首

我的指甲刀掉了
这让我好久
都没有剪指甲
一个和尚说
改天去买一个吧
你的指甲已经
划痛了你的女友

实话

平等，是绝对的理性
一点激动也不能有
只要有了一点的激动
平等就被彻底改变
它的美好愿望
就是一切恐怖的依据

秋爽

虽然离中秋还有半个月
但天气已经舒服得忘了烦恼
特别是午睡醒来
有歌声从楼下传进我的耳朵
她让这个下午
像一种莫名其妙的快活
仿佛一直延续到今天晚上
这是不是不对
哦，我得感谢有的人
她的自以为是
让我冷静，并且
在我开始打扮出门的时候
想到了一些永恒的伤感

一把伞……

一把伞从巷子里走来

在这个没有下雨也
没有出太阳的阴天
有一把雨伞
慢悠悠从巷子那头
正走向巷子的这头
我就站在巷子的这头
一直看着这把伞
但没看见打伞的人

0264

我要歌唱今天早晨抽烟的少女
她和我们一同上到宾馆 10 楼
我们去了自助餐厅，那里有好多人
一堆一堆地围着面包、烤鱼
卤肉饭、烟熏肉和洋葱炒肉丝
有一个胖女人一盘子拿了十个包子
而她的女儿一口气吃了五碗卤肉饭
我觉得胃好难受，听着他们
咀嚼食物的声音真他妈的难听
而这时我看见和我们一同上来的少女
她站在 10 楼外面，看着远处
一点一点抽着她的香烟
她就是神仙，那些吃饭的人好球俗气

亮得

有时候我喜欢

一盏小台灯
四处都是黑的
只有灯下
亮得像做梦一样
有时候我也
喜欢灯火通明
整个房间亮得
也像在做梦一样

天黑

一到广州
我就看见一个
骑摩托的女人
载着一个
巨大的黑人
女人和她的
摩托都那么小
黑人坐在上面
特别突出
一会儿，我就
看不见摩托
和上面的黑人

0308

我赞美我的午餐
也赞美外面的阳光

白菜和洋葱
它们被醋拌在一起
还有一碗猪油
煮的小米黄得发亮
我的饮料很中国
是一杯清香的乌龙茶
一切太迷人了
包括外面的阳光
只可惜楼下的不识北
他还没有起床

0311

我很想有一个院子
它离城市的拥挤比较远
但它离城市的大排档
却比较近。换句话说
我其实喜欢喝两口早酒
再回到院子里睡觉
有太阳的时候我睡在东屋
要阳光一直照到午后
而阴天中，我睡西边
门窗关得紧紧的，像夜里
一直深入到另一个夜里
然后我们掼蛋，等待天亮

有一

从动物到上帝
为什么是
人类的历史
在饭桌上
曹寇接到顾前
的电话
我听见他问
你是不是
想出来看雪
我当时正举着杯
自然停顿了
有一小会儿
仿佛迈皋桥西
去年夏天
我们从傍晚
去一家饭店

风吹

我戴了一顶帽子
我不知道它好不好看
甚至很多时候
我都搞忘了我戴着帽子
只是看见有风吹
我发现自己并没有寒意

我才想起我戴了帽子
或者是我路过一家商店
突然从镜子里看见
我其实会为一顶帽子
有很意外的惊讶

打电话

这是一个梦
刚做的。我觉得
它很特别
我一定要把它
记录下来
请会解梦的朋友
帮我解一下
这是一个打电话的梦
开始，我坐的
飞机正在起飞
却接到女友的电话
我大惊，赶紧
关了手机
后来我到了成都
在新二村
我小时候的地方
到处找电话
但就是没找到
天正在黑

我很急，我想我女友
肯定比我还急
后来，凭着记忆
找到一部
公用电话
老板曾经比我大
现在看上去
仿佛比我小
她说，这个电话已经
好久没用过了
她把它摆在这里
也是为了怀念
当然，如果我要打
我可以试试
她说她上个月
还交了话费
我一边说谢谢
一边抓起电话
电话的确是通的
只是太老旧了
我打了两下
听筒就打坏了
我对老板说
听筒坏了咋办呢
老板说，那你
在我的身上打嘛

我胸前这一圈纽扣
可以当号码
只是你得看清楚
也得慢点、耐心点
我说我会的
但这纽扣号码
的确很难打
而且不注意还打着
老板的胸脯
我很不好意思
老板却说没什么
就这样
我打了差不多
二三十次
才终于打通
谁知电话一通
女友立马
冲我骂了过来
她至少有
三百个问题吧
或者有
三百年的怒气
总之我也
记不起这些了
只是最后
女友突然问我

你旁边站着的女人是谁
我大惊，看了一眼
正帮我当电话的老板
她的胸脯
几乎贴着我的脸
激烈地起伏
听得见心跳的声音
我瞬间发现
我不知道
该怎样回答
在成都新二村
我赶紧
挂了电话
跑得无影无踪

遥远

一百三十年前的一个下午
在闲来茶馆
我认识了一个坏蛋
到四十七年前，有风
我才认识又一个女坏蛋
作为一家人（阿门）
这两个坏蛋把我
带到了光明里
他们走了，我独自在
一片光明之中

(这究竟什么意思
我不懂，所以这就对了)

有人

有人在外面喊面海
我听起来有点像吴不可
这么晚了，他喊他干吗
是这么晚了
他还把他的门
打开干吗
有好多人在门外喊面海
喊了一声就走了
而只有吴不可
他喊了以后并没有走
他在等面海

大海咏叹调 2

大海翻卷吧
大海翻卷
你翻起来好硬
你卷回去好软
大海翻卷吧翻卷
我无话可说了
你这个瓜大海
我第一次在海边
待了那么久

我才知道这个大海
你翻卷吧翻卷
翻起是白晃晃地刺眼
像一堆人民币
房子还没有修起来
又一架飞机
从三亚某一港口起飞
像老张的波浪
翻卷起来白晃晃
翻卷下去
黑压压一大片
大海，你翻卷吧翻卷
你卷起来好黑
黑得都看不见
翻卷，哦，翻卷的卷

远飞 1330

狮子座的最后几天
我们在公路上看见一头狮子
不晓得它从哪里来的
但看得出，它在公路上已经跑了好久
它有时跑得慢，有时跑得快点
快与慢并不重要，特别是夜色正在降临
我们的视线越来越模糊
模糊得已看不见狮子的面庞

2019 年

远飞 1331

以前我经常梦见掉牙齿
一颗一颗地掉，满口都掉光了
后来，我安了假牙
还梦见自己掉，也是一颗一颗地掉
每一颗都掉得像真的一样
我捧着这些假牙，分不出它们的真假

2019 年

有点想

我在努力跟上
一个小姐姐的步伐
她时快时慢
我也只有时快时慢
关键是她停下后
我却突然不知所措
重点是突然
她转身看远处，胸脯
一起一伏

2019 年

一些怕鬼的人

五个谈鬼的人
其实他们就是鬼
我喜欢两个
分别为某某和某
但她们不知道
自己本身就是鬼
她们还以为
她们和我一样
是一个
怕鬼的男人

2019 年

四个四重奏

四个四重奏
非常奇怪
它不是讲述的
乐器的故事
也不是讲述的复调的故事
它反复讲的是时间
一段过去的时间和未来的时间
现在的时间也只是
包括在过去和未来之中
而我不同
我想讲的四个四重奏
一个是弦乐
两把小提琴和一把中提琴
和一把大提琴
我们从大厅走过，有很多人
但大家都动作缓慢
没有声音
然后是管乐，萨克斯、长笛、圆号、单簧管
我站在路灯下
圆号的声音比它们都悠长
所有的时间

其实都不是时间
只是因为安静
我才看见远处的嘴巴一张一合
另外两个却
不在演奏中

2019年

让一些回忆暂时停止

我三岁那年
听见我妈说她
三十岁了
她这句话不是跟我说的
也不是对我爸说
当时，天已经是晚上
我们家换了
一盏新的灯泡（很亮）
我妈这句话
是说给我外婆听的
我也偶然听见
还一直记到现在

2019 年

给　诗

凡有的，都给他，让他有余
而没有的，连他仅有的那一点
也拿走：我觉得这不太像
上帝说的，至少不是用汉语说的

2019 年

与杨又黎说友情和胖

我的好朋友都是胖子
瘦子很少可以成为
我的好朋友。在胖瘦之间
有意识形态的对立
有理解天气、市场、时间和男女
都完全相反的角度
比如吉木狼格，只有当他胖了
我们才觉得他可爱

2019 年

绿皮火车

为什么我的梦里还没有出现过飞机
甚至高铁都没有出现过
我的梦里，偶尔会出现一列绿皮火车
但它瞬间就钻进黑暗的山洞
然后就再也没有钻出来过，直到昨晚
我在梦里看电影，电影里在演
一列绿皮火车，眼看着它就要钻进山洞
我很急，并急得醒来了

2019 年

2020的洪水

一个泸州的小姐姐
半夜被大水冲走
冲到了重庆，直到早晨
东方已经发亮
她终于被岸边的人捞起来
一上岸她就放声大哭
哭得救她的
几个男人也忍不住哭，滚滚
而去的大水啊
继续滚滚而去

2019年

滚滚红尘与红尘滚滚

他喝醉了，就唱滚滚红尘
他清醒时就唱红尘滚滚
那天中秋，他一直闷着
最后忍不住问我
我爱唱的那首歌
究竟是红尘滚滚还是滚滚红尘
他说他想不起了，很难受

2019 年

我理解的相对论

宇宙的历史
和人类的历史
以及我的
他们就是相对论
特别是我和
一个三十年未见面
的朋友相遇
我们握着彼此的手
感叹地说
三十年了，人生
究竟有几个
三十年？这时
我忘了宇宙
它那么漫长无边

2019 年

他不在

多年前，我去
尚仲敏的水电校
找尚仲敏
我没有找到他
就顾自走了
又一天，我在另一个
地方碰见仲敏
我就对他说，有一天
我去找你没找到
他说，那我不在
我说，这是一个哲学问题
我没有找到你
你当然不在

2019 年